URSULA ERLER

VERTRAUENSSPIELE

ROMAN

Bibliografische Information der Deutschen Nationalbibliothek:
Die Deutsche Nationalbibliothek verzeichnet diese Publikation in
der Deutschen Nationalbibliografie; detaillierte bibliografische Daten
sind im Internet über dnb.dnb.de abrufbar.

Copyright © 2023 Hans Erler
Neuauflage
1. Auflage Erb Verlag, Düsseldorf 1981

Gestaltung und Satz: Jutta Henderkes · hausmarke.com
Umschlagfoto: Ursula Erler · Foto: privat
Herausgeber: Hans Erler
Herstellung und Verlag: BoD – Books on Demand, Norderstedt

ISBN: 9783739233383

Für Tanya, für Elisabeth genannt Sabeth

I

Den Friedhof von Gentilly kenne ich nicht, ich habe ein schwarzes Kleid über die Haut gezogen, aber ich habe keine Einladung. Nur der Spiegel lächelt mich an, nur ich im Spiegel lächle mich an. Es gibt das, was nicht wiedergutzumachen ist: Anvertrauen. Ich habe mich dir anvertraut. Aber erst im November, was sage ich, im Februar. Seit du lächeln kannst – nein, lächeln kannst du schon im März. Der viele Schnee. Wollte nicht schmelzen. Die Stiefel habe ich nicht im Ernst an, auch nicht den Pullover, aber das Wetter ist immer noch unsicher. Du mußt dir denken, es ist ein Frühlingskleid. Manchmal ist das Jahr schon weiter im März. Du mußt ihm Zeit lassen – auch uns – wir waren nicht aufeinander gefaßt.
Außerdem war es ein Sommerfest. Die ernstzunehmenden Feste finden im Winter statt. Alles braucht eine Kulisse. Bei Sommerfesten weiß man nie, wie das ausgeht, was ist da wofür die Kulisse: der Sommer für das Fest oder das Fest für den Sommer. Ich weiß nicht, für wen ich gelächelt haben soll. Nicht einmal für den Sommer, glaube ich. Kein Wunsch. Gewünscht hast du. Nein, nur gefragt:
»Verheiratet?«
»Ja.«
»Kinder?«
»Ja.«
Doch, ich weiß, daß ich gelächelt habe. Aber erst jetzt, um es wegzulächeln, was ich dir angetan habe. Ich habe es dir nicht wirklich angetan. Du mußt nur glauben, was du siehst. Du siehst keinen Mann, du siehst keine Kinder, und jetzt stellen wir uns unter einen Baum.
Nein, von Ehebruch kann ich nicht einmal träumen, aber das muß dich nicht kümmern.

Doch, dreißig Jahre, das ist ein Unterschied, das könnte einer sein, aber ich fühle ihn noch nicht, du mußt mir Zeit lassen, wenn es einer ist.
Was siehst du mich so an? Ich kann das Kleid ausziehen, wenn du es dir wünschst. Nein, da muß ich nicht meinen Mann fragen, aber da müßte ich dich fragen, warum du es dir wünschst.
Nein, das mußt du mir nicht jetzt sagen, darüber kannst du nachdenken, und jetzt gehen wir zu den anderen zurück.
Nicht dieses Gesicht, ich bitte dich, was nützte es dir, du erwartest doch, daß ich dich liebe.
Ob das geht? Ich weiß es nicht, noch erinnerst du mich nur, aber ich kann mich nicht erinnern, an was, etwas fehlt.
Doch, wenn du es dir wünschst, dann doch, dann vielleicht doch.
Nein, ich bin kein Traum, ich will nur nicht, daß Träume umsonst geträumt werden. Sie wären so leicht zu erfüllen, nein, ich weiß es nicht, nicht immer leicht zu erfüllen.
Ja, meine Kinder sind klein, aber ihre Wünsche wiegen genauso leicht oder genauso schwer wie die erwachsenen Wünsche.
Du hast keinen erwachsenen Wunsch? Du willst auch keinen mehr haben? Auch Wünsche brauchen Zeit, müssen wachsen lernen.
Selbstmord schreckt dich nicht? Ach, das ist nun wirklich dumm, was willst du, daß ich dir darauf antworte?
Nein, weibliche Unvernunft kenne ich nicht, ich glaube auch nicht, daß sie dich widerlegen könnte.
Vergessen? Du mußt mir sagen, was du vergessen willst, dann kann ich dich besser erinnern.
Dich küssen? Ja, aber nur, wenn du dazu lächeln kannst.
Du kannst es nicht? Du willst es auch nicht können? Laß mich nachdenken, so kann ich dich auch nicht küssen, wenn du nicht einmal lächeln kannst, wenigstens lächeln kannst.
Du kannst es. Aber nicht auf dem Sommerfest, auch nicht auf der kleinen Brücke – Oktober – du hast einen gefütterten Mantel an, aber im März, nach dem vielen Schnee.
Nein, es ist kein Frühlingskleid, du mußt es dir denken. Nur ein

Pullover, Stiefel und darüber Schneewolken. Nur eine verheiratete Frau. Sie hat sieben Monate dazu gebraucht, um zu dir zu kommen. Zum Schluß hat sie den Himmel um Schneewolken gebeten und den Wind um Windstärke zehn und um einen Zigeuner, damit sie nicht mehr darauf warten muß, daß du wenigstens lächeln kannst. Und als er kam, mit dem Schneesturm, mit den abgerissenen Zweigen – und alles schneeverweht – ging es nicht ganz so leicht, Atem zu schöpfen gegen den Wind. Er hat nicht gelächelt, keine Spur, weit entfernt. Sie mußte dich nicht mehr fragen, ob du wenigstens lächeln kannst. Sie konnte zu dir kommen, wie es auch kommen würde.
Aber du lächelst, ganz deutlich. Sie ist nicht mehr sicher, ob es nötig war, sich so gegen dich zu wappnen.
Und als du lächelst, die erste Angst. März in Charleville. In der Rue de la République haben wir den Tee getrunken. In der Rue de la République hast du mich gefragt, ob ich mit dir schlafen werde. Und als ich hundertmal um die Place Ducale mit dir fahren will, sagst du, daß es in Charleville keine Kutschen gibt. Ich habe nichts von einer Kutsche gesagt. Warum nicht in deinem Wagen? Aber ich muß mich doch erst an dich gewöhnen, auch wenn ich mit dir schlafen will.
Vor dem kleinen Pavillon gegenüber dem Bahnhof habe ich dir gesagt, daß ich zurückfahre. Du gingst allein ins Hôtel du Nord. Es gab keinen Zug mehr, der zurückfuhr, aber es gab einen Zug nach Paris. Und am nächsten Morgen, so viele Gärten, Jardin des Tuileries, Jardin du Luxembourg, Jardin des Plantes. Ich habe dich angerufen, im Hôtel du Nord.
Und als du kamst, nein, Geschichten muß man von Anfang an erzählen, aber ich wollte keine Geschichte erzählen, ich wollte, daß du lächelst, wie du in Charleville gelächelt hast. Und so hast du noch oft gelächelt, bis ganz zum Schluß auf dem schnell verschneiten Feld, auch da flügelschlaglang, und ich habe dich allein gelassen. Und als ich zurückkam, steht das Auto nicht mehr da, und die Birken rechts und links um Rat gefragt, sie wissen mir nichts.

Was glaubst du denn, warum ich so viel weggelächelt habe – bei so unerwachsenen Wünschen?

Und als ich es einmal nicht zustande bringe, etwas wegzulächeln, wird nichts wieder gut.

Dreißig Jahre, das ist schon ein Unterschied, fast ein Dach, wo doch das Dach der Welt längst fortgeflogen ist, nur noch Löwenzahnsamen, sagt Nicole.

Ich weiß, woran du mich erinnerst, von Anfang an, auch wenn ich es lange nicht wußte, erinnert hast. Ich habe es dir gesagt. Nicht gesagt. Die Tapeten haben mich verraten, und die Wimperntusche hat mich nicht geschützt. Nein, ich habe mich verraten. Ich habe mich dir anvertraut.

Da bietest du mir eine Ehe an. Als ob unerwachsene Wünsche belohnt werden könnten. Und ich habe es nicht weggelächelt, einen Augenblick lang nicht.

Meine Ehe war ein erwachsener Wunsch. Sie hat mich einem Vaterhaus entführt, als die Hecke wuchs und wuchs. Und als er noch einmal durchs Haus ging, ob alle Türen geschlossen waren, stand eine weit auf, und das Zimmer leer, auch wenn ich nicht viel mitgenommen hatte.

Ich bin schuld, ich habe dich an einen Sieg glauben lassen. Nein, du. Hättest es weglächeln müssen, den Sieg verschenken müssen. Catherine sagt – ach, siehst du, jetzt wird alles Geschichte.

Nein, ich muß es dir doch sagen, Catherine sagt, du warst nur ein verhinderter Patriarch.

Laß, ich weiß es noch nicht, das schwarze Kleid trage ich wie zur Probe. Schon haben sich Zweifel in ihm eingenistet. Wie soll ich fahren, mit Zweifel im Kleid? In drei Tagen begraben sie dich. Du hast mich ausgeladen. Du schreibst: mit Rücksicht auf meine Frau. Ach, Liebster, hättest du doch lieber die Kahnpartie mit ihr gemacht. Catherine sagt, sie hat nicht geweint. Wie denn auch? Sie muß dich doch erst wiedererkennen – nach sechzehn Jahren. Ich hätte nicht einmal einen Namen für dich, wenn ich doch zu dir käme. Das ist nicht deine Schuld. Alle Namen, die du mir zugedacht hast, habe ich nicht angenommen. Nicht, weil du sie mir zugedacht hast, aber sie paßten nicht.

Ich war nicht dein Verhältnis, ich war nicht deine Geliebte, ich war nicht deine Frau. Alles auch, aber es ging nicht auf, auch Schwester nicht, auch Tochter nicht, wenngleich, alles auch, auch deshalb, weil du von allem enttäuscht zu sein vorgabst.

Du siehst, ich glaube es dir immer noch nicht. Ich kann es nicht, weil ich sie alle kenne, nicht alle, aber fast.

Was glaubst du denn, warum sich bei Catherine plötzlich die Näharbeiten so häuften? Deine erste Frau, deine zweite Frau, laß mich jetzt, später, es war unser erster Streit, Ehebruch.

Ich habe den Zug zurück genommen, weil du nicht zugeben wolltest, daß es dasselbe ist.

»Weiß dein Mann?«

»Natürlich weiß mein Mann, ich mußte ihm doch sagen, daß ich dich zu lieben versuche.«

»Hélène hat mir nichts gesagt.«

»Und wenn sie es dir gesagt hätte –?«

»Ich bitte dich – der jüngere Sohn war zwölf.«

»Du hast mich nicht gefragt, wie alt meine Töchter sind!«

Du siehst aus dem Fenster: »Das ist nicht dasselbe.«

»Warum nicht, weil du es bist, mit dem ich die Ehe breche?«

Du antwortest mir nicht. Du siehst zornig aus. Ich kann es nicht weglächeln, so lange du das Wort nicht zurücknimmst: Ehebruch. Und als ich zurückfahre, weiß ich nicht, ob ich nicht noch einmal sieben Monate brauche, um wiederzukommen. Ich brauche sie nicht. Du schreibst:»Balzac hat sich gelegentlich ›Wunderkind der Hoffnung‹ genannt.«

Aber du bist kein Wunderkind der Hoffnung – oder doch? Soll ich um Glocken bitten? Bei Onkel Eustache habe ich um einen fünf Kilometer langen Glockenzug gebeten. Aber Onkel Eustache war fromm. Wie für einen Kindersarg. Und klein. Auch das wie für einen Kindersarg.

Er hat mir gezeigt, wie man einen Pinsel in der Hand hält und eine

Geige im Arm. Er hat mich dem ersten Patriarchen meines Lebens entwendet, nein, nicht entwendet, nur so ein bißchen gewinkt, auf die Speichertreppe, auf den Speicher: »Du mußt lernen, du mußt einen Pinsel halten, du mußt auf eigenen Füßen stehen. Wer nicht auf eigenen Füßen steht, kann auch nicht tanzen. Wenn es Abend wird, kommt es auf das Werk deiner Hände an.«

Onkel Eustache wohnt in unserem Haus, oben auf dem Speicher. Wenn wir abends die Speichertreppe hinunter gehen, ist der Tag vollbracht.

»Ich kann etwas, ich kann einen Pinsel halten, ich kann malen.« Mein Vater schüttelt den Kopf. Mein Vater sieht nach den Wolken: »Du kannst es ruhig abwarten, du brauchst nichts selbst zu können, die Welt hat ein Dach. Du mußt nur vertrauen lernen. Vertrauen ist alles, was du brauchst.« Und um den November, und um den Dezember, vom Ententeich diese Aufregung. Ich gehe an der Hand meines Vaters in den Park. Er hebt den Zeigefinger der anderen Hand. Er lächelt. Im Dezember kommt das himmlische Kind. Die Enten im Teich schnattern. Alle Türen werden verschlossen sein bis zur Ankunft des himmlischen Kinds. Ich muß leise gehen, auf Zehenspitzen, es ist für mich geboren, es wird für mich sterben, es hat alles erlöst. Die Enten im Teich schnattern leiser. Sie erinnern sich schon. Es hat auch die Enten erlöst. Ich gehe an der Hand meines Vaters aus dem Park.

Ach, Liebster, wie hätte ich wissen wollen, da schon wissen sollen, an was du mich erinnert hast? Du hast nicht gelächelt. Lange nicht. Doch, ich hätte es wissen müssen, und als ich es wußte, war es zu spät. Und der Spiegel dreht sich, dreht sich, ich drehe mich im Spiegel. Sehnsucht ist alles, was ich weiß. Auch Sehnsucht ist ein unerwachsener Wunsch. Hättest ihn weglächeln müssen. Februar – was weiß man im Februar, nichts Halbes, nichts Ganzes, kein Drittel, kein Viertel, nicht wahr?

Da mußte ich dir doch davonlaufen, wo doch das Dach der Welt längst fortgeflogen ist, nur Blätterschatten, immerhin Blätterschatten.

Jetzt lächelt mir lange nichts, wenn ich mir nicht selbst im Spiegel lächle. Du hast mich ausgeladen. Die Brüste unter dem Kleid sind nackt. Was soll ich ihnen sagen? Sie werden frieren. Ich werde frieren, bis auf die Hüften frieren, anders als auf dem schnell verschneiten Feld, und Birken rechts und links, die ganze Landstraße entlang, sie verraten mir nichts.

Ich habe ein Dach ausgeschlagen, zum zweiten Mal ein Dach. Eine kleine Zeit, wie Kindheit, also nicht sehr lang, hatte die Welt ein Dach. Vielleicht war es nur das schnellverschneite Feld und daß du lächeln konntest, auch da, augenblickslang, ich gebe zu, es war eine Verführung, noch da, augenblickslang, dann nicht mehr, du hast ja auch nicht mehr gelächelt, weit entfernt – nein, nicht auch den Pullover, du mußt ihn mir lassen, wo es doch so schneit, auch wenn ich nicht deine Frau werden kann. Das Land ist flach, was glaubst du denn, wer schneller ist, du oder ich. Ich bin schneller, ich laufe dir davon, in das flache, weit verschneite Land.

Und als ich zurückkomme, die Birken sind auf deiner Seite, sie schütteln mir nichts, kein Gold und Silber, geschweige einen Rat. Kein Spielgefährte, nur ein Mann, der einen Entschluß gefaßt hat. Wies mir einen Platz an seiner Seite zu, ich weiß es, Liebster, den höchsten, den er zu vergeben hatte, aber danach hatte ich dich nicht gefragt.

Laß mich. Nachdenken. Erzählen. Von Anfang an. Und Tintenfinger haben, meine Seele sagt, Tintenfinger sind nicht schlimm.

II

Ich stehe zwischen den Knien meines Vaters. Daß sie all ins Leben kamen – Gott der Herr rief sie mit Namen – daß sie all ins Leben kamen.

Man mußte es nur auswendig sagen und den Atem anhalten und die Augen geschlossen halten, dann war alles gut. Ich hatte einen Namen, ich konnte gehen. Auf Zehenspitzen, falls er sich anders besonne, er bleibt der Herr.

Onkel Eustache hört uns zu, winkt mich an seine Staffelei, gibt mir einen Pinsel in die Hand, zeigt auf das Wasser, zeigt auf die Farben: »Wasch die Hände, wasch die Pinsel, stell dich gegen das Licht, male. Sie macht immer die gleichen Fehler, die dumme Geschichte, die dumme deutsche Geschichte. Wenn du groß bist, wirst du einen dummen Hans heiraten, wieder ein Ritter mit geharnischter Brust, er wird dich erlösen, oder du wirst ihn Erlösen, so oder so, einstweilen male deinen Vogel, der Schnabel sitzt verkehrt.«

Sieben Jahre habe ich gemalt. Mit Onkel Eustache. Nicht um die Wette, jeder für sich, jeder an seiner Staffelei.

Dann nicht mehr. Onkel Eustache war tot. Bekam ein jüdisches Begräbnis. Ich würde ein christliches bekommen, später, zuerst würde ich konfirmiert, gegen Ostern war Einsegnung.

Ich gehe im Trauerzug, ich werde dreizehn Jahre, gegen Ostern werde ich eingesegnet, auch wenn es hagelt und schneit. Der Pastor, der mich einsegnen wird, geht auch im Trauerzug. Er ist ein Freund der Familie. Ich muß stark im Glauben werden.

Ich bin stark im Glauben, nein, nicht wörtlich ich, aber Martin Luther, 95 Thesen an die Schloßkirche zu Wittenberg, die Konzilien sind nicht unfehlbar, die päpstliche Bulle verbrannt, trotz Acht und Bann nach Wittenberg zurück.

Onkel Eustache und ich malten Vögel. Hockende Vögel. Kein Vogel flog. Nur im Halbkreis hockende Vögel. Davor stand einer aufrecht, das war der Dirigent. Auf einigen Bildern dirigierte er mit dem Taktstock, auf anderen verteilte er Instrumente, auf wieder anderen ließ er Teppiche auslegen, eigentlich Läufer. Ein Bild zeigte ihn auf dem Läufer allein.

Der jüdische Friedhof liegt auf der rechten Flußseite. Ich habe Stiefel an und eine Mütze auf dem Kopf. Der Pastor, der mich einsegnen wird, geht schneller als ich. Ein' feste Burg ist unser Gott, ein' gute Wehr und Waffen. Das Kind braucht eine Zuversicht, das Kind braucht Gottvertrauen. Im Sarg tragen sie meinen kleinen jüdischen Onkel.

Ich kann nicht auf deinem Friedhof begraben werden, Onkel Eustache, ich muß in die Gnade, zwei Schritt hinter dem Pastor. Aber du willst es ja so einrichten, daß du mir im Himmel ein bißchen aufspielst, wenn ich komme, später, wenn ich christlich begraben bin.

Zwei Jahre davor. Onkel Eustache sitzt auf seinem Schemel. Onkel Eustache ist krank.

»Weißt du wie Rabbi Micha starb?«

»Nein, ich weiß es nicht, ich will es auch nicht wissen. Sie werden dich auf dem jüdischen Friedhof begraben.«

Onkel Eustache lächelt: »Aber das will ich doch, das will ich doch.«

Wir streiten. Er glaubt mir nicht, er glaubt mir nicht, was man glauben muß. Er glaubt mir nicht, was selbst die Enten glauben: Im Dezember kommt das himmlische Kind, es hat alles erlöst.

Er schüttelt den Kopf. Er kennt kein himmlisches Kind. Der Herr kommt, wann er kommt. Noch ist nichts erlöst. Wenn die Welt erlöst wäre, wäre sie gut. Sie ist nicht gut, also ist sie nicht erlöst. Aber wir können sie zu einem himmlischen Ding machen.

»Was ist ein himmlisches Ding?«

Er sieht auf seine Schuhspitzen, er winkt mich zu sich heran: »Kannst du tanzen, du mußt es lernen, und einen Fiedelbogen halten in der einen Hand und einen Pinsel in der anderen Hand und achtgeben auf die Mütze, sie darf dir nicht vom Kopf fallen, und viel Marzipan essen und nicht weinen, jedenfalls nie lange, und jetzt geh, ich will es so einrichten, daß ich dir im Himmel ein bißchen aufspiele, wenn du kommst.«

»Wann komme ich denn?«

»Später, wenn du christlich begraben bist.«

»Und wann wirst du begraben?«

»Bald. Der Friedhof liegt auf der rechten Flußseite. Kennst du den Weg?«

Ich kenne ihn nicht. Ich will ihn auch nicht kennen, ich laufe. Durch die Dreiköniginnenstraße bis zum Flußufer, Bismarcksäule, Ulmenallee, Kastanienallee, schon bin ich da. Der Pastor öffnet die Tür. Fräulein Mathilde steht hinter ihm. Fräulein Mathilde hat graues, in der Mitte gescheiteltes Haar. Die Diele ist kalt. Aber die Sonne steht schräg. Oktober. Der Pastor sieht mich an. Um sein Haus liegt der Garten, langes Gras, verwucherter Holunder, Fräulein Mathilde darf nichts in ihm tun.

»Herr Pastor – ich bitte, ich weiß nicht aus noch ein.«

Alle Zimmertüren von der Diele weg stehen offen. Die Fenster haben keine Gardinen. Der Garten sieht in die Zimmer. Der Herbst sieht in die Zimmer. Hier hilft mir nichts. Ich muß etwas aufsagen. Das Glaubensbekenntnis, das apostolische Glaubensbekenntnis. Ich sage es auf. Ich glaube – an Gott den Vater – den allmächtigen Schöpfer Himmels und der Erde – und an Jesus Christus, seinen eingeborenen Sohn – unseren Herrn – der empfangen ist vom Heiligen Geiste, geboren von der Jungfrau Maria – gelitten unter Pontius Pilatus – gekreuzigt, gestorben, begraben – niedergefahren zur Hölle – am dritten Tage wieder auferstanden von den Toten – aufgefahren gen Himmel – sitzet zur Rechten Gottes, des allmächtigen Vaters – von dannen er wiederkommen wird – zu richten die Lebendigen und die Toten – Ich glaube an den Heiligen Geist – eine heilige, allgemeine christliche Kirche, die Gemeinde der Heiligen – Vergebung der Sünden – Auferstehung des Fleisches – und ein ewiges Leben – Amen.

Der Pastor freut sich. Er hat mich getauft.

Fräulein Mathilde holt einen grünen Apfel aus dem Schrank. »Es

ist gut, daß du so früh gekommen bist. Ich werde dich selber einsegnen. Wo ein Wille ist, ist ein Weg.«
Ich halte den grünen Apfel in der Hand, ich stehe auf der gebohnerten Diele, alle Zimmertüren sind offen, durch die gardinenlosen Fenster sieht mich der Herbst im Garten an.
»Ich will nicht eingesegnet werden, ich will ein jüdisches Begräbnis.«
Der Pastor und Fräulein Mathilde sehen sich an.
»Du kommst aus einem christlichen Elternhaus.«
Und nicht weinen, jedenfalls nie lange, und viel Marzipan essen. Ich lege den grünen Apfel auf die Kommode, ich drehe mich um, ich gehe durch die Kastanienallee zurück. Ich bekomme kein jüdisches Begräbnis, ich bekomme Konfirmandenunterricht.
Ich gehe im Trauerzug. Der jüdische Friedhof liegt auf der rechten Flußseite, ich habe Stiefel an und eine Mütze auf dem Kopf. Gegen Ostern werde ich eingesegnet, auch wenn es hagelt und schneit. Wo ein Wille ist, ist ein Weg.
Aber manchmal ist kein Weg für einen Willen. Und im Dezember gehen wir längst nicht mehr an den Ententeich. Aber der Pastor ist viel im Haus und der Herr Pérou, Mamas Jugendfreund, im gleichen Jahr wie Mama in Chantilly geboren, im Sommer ging alles nach Dieppe.
Mama hat sich ein Jahr besinnen müssen, ob sie meinem Vater nach Deutschland folgen wollte oder nicht doch lieber mit dem Herrn Pérou in Chantilly geblieben wäre.
Aber auch der Herr Pérou ist nach Deutschland gekommen, nicht direkt, aber mit der Zeit, es ergab sich, sagt der Herr Pérou.
Mama findet jetzt öfter, daß sie eigentlich immer noch keinen Zugang zu deutscher Klaviermusik gefunden hat. Vater ist Pianist. Herr Pérou arbeitet fürs Französische Kulturinstitut. Herr Pérou hat einen kleinen Schnäuzer. Herr Pérou liebt Verlaine. Les sanglots longs des violons de l'automne. Mama hat Sinn für Stil. Verlaine war viel im Gefängnis. Mama tut es leid, aber es hat seinen Stil geschult. Das ist es, sagt der Herr Pérou.
Mama und der Herr Pérou machen sich Sorgen um meinen Vater.

Er hat angefangen zu grübeln. Auch der Pastor sorgt sich. Ein Mann braucht Zuversicht. Ein Mann braucht Gottvertrauen.

Mama steht am Fenster, unten auf der Straße – eine Allee, Ulmen – kommen die Hausfreunde.

»Sie kommen, Hans, ich bitte dich.«

Hans ist mein Vater. Hans Heinrich sogar. Wenn er nicht so schön gewesen wäre, das ist es ja, sagt Mama, eben doch kein Vergleich zu Herrn Pérou, auch wenn der Herr Pérou diese Mandelaugen hat, wäre sie nicht mit ihm gegangen, nur daß er nicht lachen kann, nicht einmal am Comer See, und das war die Hochzeitsreise, und daß er diese späten Beethoven-Sonaten liebt, auch Bruckner, Reger, Hindemith. Mama liebt Jacques Offenbach und den Kaiserwalzer von Johann Strauß, überhaupt Walzer, aber er tanzt ja nicht, und dabei ist er königlich gewachsen, in jungen Jahren ein Traum, sagt Mama, aber alles in allem eben doch ein deutscher Mann.

Mama ist zehn Jahre jünger als er, und wenn er mit ihr über das deutsche Verhängnis reden will, hat Mama keine Zeit. Hat er sie deshalb nach Deutschland geholt? Mama versteht das deutsche Verhängnis nicht.

Und als er ihr den Doktor Faustus schenkt, schenkt sie ihn weiter an den Herrn Pérou, wo er nun doch schon einmal im deutschfranzösischen Kulturaustausch steht.

Herr Pérou bedankt sich bei Vater, ja, für die deutsche Literatur braucht man Zeit, und eine Frau ist eine Frau.

Vater nickt, und selbstverständlich darf Mama mit dem Herrn Pérou in Hoffmanns Erzählungen gehen.

Mama macht sich schön, und als sie ganz schön ist, lächelt er, lächelt er ihnen beiden nach.

Und ab und zu kommt der Pastor, obwohl der auch nicht so sehr viel Sinn für das deutsche Verhängnis hat. Mein Vater und ich sind allein im Haus. Nein, Tante Ada ist da, und Onkel Eustache war da. Im Sommer sind Leinenkleider gut, Tante Ada, du hast nicht an den Sommer gedacht. Sie vergißt immer noch nicht, daß er mir ausgerechnet Leinen zur Geburt schenken mußte. Leinen ist doch für Windeln wirklich zu kalt. Leinen ist überhaupt für alles zu kalt, findet Tante Ada.

Und ab und zu kommen Gäste. Professor Kowalsky, Ästhetik, Professor Mies, Akustik, Professor Schwann, Komposition. Professor Pilney, Geige, Herr Quint, Bratsche – mit einem Wort, die Kollegen. Aber auch das wird seltener. Er vergißt es, sie bis zur Haustür zu begleiten, er sieht auch nicht mehr von den Tasten auf und ihnen entgegen, wenn sie eintreten, aber mich sieht er jetzt manchmal an.

Ich lese den Doktor Faustus, Tante Ada hat ihn mir unters Kopfkissen gelegt.

Und Tante Ada erzählt, wie Tante Ada eben erzählt, und ich denke mir, das ist eben so, wenn man erzählt, muß man flüstern.

»Und wie er durch die Huhnsgasse geht – nach Mitternacht – 33 – Kopfsteinpflaster hallt, ob da nicht eben noch jemand neben ihm hergegangen wäre? Warum soll nicht jemand neben ihm hergegangen sein, es geht noch mancher Bürger nach Mitternacht durch seine Stadt nach Haus. Man wird doch noch jemanden durch seine Stadt nach Hause begleiten dürfen, im ehemals heiligen Köln. Und als das Antiquariat von Leonard Tietz brennt, steigt er noch sieben Mal in den brennenden Laden, um die Bücher aus dem Brand zu holen. Und Onkel Eustache«, flüsterte Tante Ada, »den hat er einfach versteckt. Auch wenn der dumme Mensch mich nicht gefragt hat, Leinen ist doch für Windeln wirklich zu kalt. Aber Trude Albersheim, der Keller war nichts für sie, vierundzwanzig Jahre und so leicht wie ein Vogel, das macht die Schwindsucht, die Lungenpest.

Und wie er durch die Glockengasse läuft, kommt er doch zu spät, er hat die Pässe, aber sie kommen nicht mehr fort, in die neue Welt, doch, Deborah, und der kleine Blum, auch Mirjam, auch die. Nein, er schläft nicht mehr, nein, nicht der Mama sagen, was soll die Mama mit solchen Geschichten, liest nicht einmal den Doktor Faustus nicht.«

Nein, Tante Ada will ihn lieber auch nicht lesen, ihr Kopf– »aber du bist jung. Und sag dem armen Heinrich gute Nacht.« Ich lese den Doktor Faustus, und um den November, und um den Dezember – der Park ist immer ganz nah – vom Ententeich diese Aufregung. Ob sie sich nicht mehr erinnern? Nein, auch die Enten erinnern sich nicht. Und die Hecke wächst und wächst.

Ich lese den Doktor Faustus, ich lese den blonden Eckbert, Simplicissimus, Parzival. Ich lese den armen Heinrich. Soviel armer Heinrich. Soviel dummer Hans.

Heinrich der Erste, Heinrich der Zweite, Heinrich der Dritte, Heinrich der Vierte, Heinrich der Fünfte, Heinrich der Sechste, Heinrich der Siebte, Heinrich der Stolze, Heinrich der Löwe, Heinrich das Kind. Heinrich der Erlauchte, Heinrich der Gleißner, Heinrich der Teichner, Heinrich der Vogler, Heinrich von Melk, Heinrich von Veldecke, Heinrich von Morungen, Heinrich von Meißen, Heinrich von Mügeln, Heinrich von Lauffenberg, Heinrich von Nördlingen, Heinrich von Plauen.

Heinrich Seuse, Heinrich von Ofterdingen, Heinrich von Kleist, Heinrich Heine, Heinrich Böll.

Der dumme Hans, der starke Hans, der Eisenhans, der getreue Johannes, der Ritter Hans, Fürst Johann von Luxemburg, Johann der Unerschrockene, Johann Ohneland, Johann der Beständige, Johannes der Täufer, Johannes der Jünger, Johannes der Evangelist. Johannes der XXII., Johannes der XXIII., Johannes vom Kreuz. Johannes Duns Scotus, Johann von Saaz, Johannes von Soest. Johannes Hus, Johannes Hartlaub, Johannes Tauler, Johannes Scheffler. Johann Sebastian Bach, Johannes Brahms, Johannes Kreissler, Johann Strauß. Don Juan, der Doktor Johann Faust.

Der deutsche Märchenwald, der deutsche Ritterorden, die deutsche Geschichte decken mich zu. Durch alle Fugen und Ritzen im ganzen Haus die kleine Terz: Heinrich der Wagen bricht, nein Herr, der Wagen nicht, es ist ein Band von meinem Herzen.

Und wenn er auch längst nicht mehr von den Tasten aufsieht, wenn er spielt, mich sieht er doch. Und als er im Türrahmen steht, zum Bücherzimmer nach Mitternacht, und ich auf der Bücherleiter, um die Bücher an ihren Platz zurückzustellen, ist es gut, den Kopf an ein Buch zu lehnen, um ihm nicht antworten zu müssen, nicht gleich. Doch, ich antworte: »Was willst du, Papa, ich sehe nur etwas nach. Ich wollte wissen, in welchem Jahrhundert wir sind.« Da lächelt er, wie am Ententeich, und geht.

Aber Tanzstunden bekomme ich nicht. Durch die Hecke kommt kein Strahl. Nur Freundinnen, viele Freundinnen. Und essen gern Zitronencreme. Und schenken mir ein Tintenfaß aus Porzellan und Briefpapier. Wenn es Abend wird, bin ich allein mit Tintenfaß und Briefpapier. Dann schreibe ich: Nicole, Bettina, Magdalena, Ilse, Lucile, Dorothee. Und sie kommen zurück, auch wenn sie Tanzstunden haben, und erzählen mir. Mama erzählt mir nicht. Mama liest Verlaine und geht viel ins Französische Kulturinstitut. Man verlernt eine Sprache, die man nicht täglich spricht. Mama ist klein, dichtes braunes Haar, sie trägt es jetzt kurzgeschnitten. Doch, sie liebt ihn immer noch. Armer Heinrich, dummer Hans. Und er liebt sie. Eine Frau ist eine Frau. Er hat es sich nicht anders gedacht. Was soll eine Frau schon verstehen.

Aber den Doktor Faustus hatte er ihr doch zu schenken versucht. Und als er mich mit ihm ertappt, beim Teufelspakt, nein, da noch nicht, aber schon bei der Kälte, die ihm durch das Manteltuch ins Mark der Knochen schneidet, nimmt er ihn mir aus der Hand. Kein Lächeln, weit entfernt, ich habe sein Vertrauen enttäuscht. Er hat das Zimmer nie abgeschlossen, alle Bücherwände zum Greifen nah, man brauchte nur auf die kleinen Leitern zu steigen. Aber nur für ihn. Bücherleitern sind für Mädchen nicht.

»Ich will nur wissen, was dich kümmert.«

»Da hat dich nichts zu kümmern. Ich kümmere mich um dich.«

Und Tante Ada beschwichtigt: »Laß ihn, laß das Kind.«

Und ab und zu kommt der Pastor: Wo ein Wille ist, ist ein Weg.

III

Und der Herr Pérou schenkt mir Verlaine. Du wirst blaß, und ich habe dich nicht einmal gefragt, ob ich mit dem Herrn Pérou in Hoffmanns Erzählungen darf. Was denkst du auch, Tante Ada hat Nachschlüssel, und wenn alles im Haus schläft, steige ich auf die Bücherleiter und lese, was hast du dir denn gedacht?
Ich lese Descartes, Pascal, Voltaire, de Sade, Gide, Sartre, Camus, Sils-Maria, Papa, Tschechow, Papa, Niels Lyhne, Papa. Man kann auch mit Büchern leben, wenn man nicht tanzen gehen darf.
Aber heute trage ich Mamas Kleid, sie hat es mir geliehen, ich bin sechzehn Jahre, und wo es doch so stürmisch ist, kann Mama bei dir zu Hause bleiben, und ich gehe mit dem Herrn Pérou.
Du verbietest es mir, und Mama steht auch schon auf, sie war nur etwas müde.
Und als sie gegangen sind, frage ich dich: »Weißt du, wie Jens Peter Jacobsen starb, nein, der nicht, der starb, einfach so, ein Kirschbaumzweig hat geblüht, aber Niels Lyhne, Papa?«
Du weißt es nicht, und ich erzähle es dir, und du hörst mir zu, wie am Ententeich, nur umgekehrt, da hörte ich dir zu.
Und als du mich nach dem Zimmer fragst – nein, Papa, ich gehorche dir nicht, was hättest du auch davon. Ich muß wissen, was in dem Zimmer steht, wo ich doch mit dir reden will. Da lächelst du und weist es zurück. Mit dir reden? Ein Mädchen? Mädchen werden Frauen. Bei Mädchen lohnt es nicht. Du täuschst dich, Claudius, Matthias Claudius, dein Freund: Siehst du den Mond dort stehen, er ist nur halb zu sehen, und ist doch rund und schön. Er liebt zwar auch die Knaben, doch Mädchen mehr, gießt freundlich schöne Gaben von oben her.
Da nickst du, es kann schon sein, vielleicht, was sollst du dazu sagen – aber das Bücherzimmer schließt du nicht mehr zu.

Und um den Dezember, am Ententeich diese Aufregung – geh nicht so nah an den Teich, komm, es gibt Fasan und Zitronencreme zu Ehren des himmlischen Kinds und Stechpalmen, Hyazinthen und Misteln, alles wartet schon, der Pastor und seine Haushälterin Mathilde, Mama und der Herr Pérou, Tante Ada und Professor Kowalsky, Professor Mies und Professor Schwann, Professor Pilney mit seiner Frau, Herr Quint mit seiner Bratsche, und der Herr Pérou rezitiert Verlaine. Es tut ihm leid, daß er nicht auch Rimbaud rezitieren kann, aber das kann er doch nicht tun, wo doch Verlaine auf Rimbaud geschossen hat, und nur solange man das nicht weiß, bleibt Verlaine Verlaine, ein Mann, den man auch auf Weihnachten rezitieren kann, im Familienkreis.
Komm, Mama zuliebe, der Kaiserwalzer von Johann Strauß, aber du tanzt ja nicht, du bist ein Pianist, du hast den schwarzen Anzug an, du mußt dich verbeugen, Papa, sie warten längst auf dich.
Du willst nicht. Was machen wir da, Papa, an Dezemberteichen steht man nicht so lang. Bald kommt der Frost, dann kannst du ihm doch nicht mehr auf den Grund sehen: Wie weit reicht das Römische Reich Deutscher Nation? Bis Dachau, bis Buchenwald, ich weiß es, Papa, komm mit. Wir setzen uns in die Bibliothek, wir lassen sie alleine feiern, wir sagen, du bist krank. Du bist es ja auch, nicht wahr, und haben Wein im Krug, der Wein ist süß, und wenn wir ihn trinken, besucht uns das himmlische Kind, es will ihn auch probieren, bevor es sich den Essigschwamm genügen lassen muß, die Passion ist noch weit, erst wachsen, die Flügel ausbreiten, im Schoß liegen, im Tempelhof, und den Schriftgelehrten zuhören, die Schriftgelehrten verschmähen den Wein, den süßen wie den sauren, sie wissen nicht, daß man leben und sterben muß und beides erst lernen muß. Und wenn der Frühling kommt, schmilzt das Eis.
Komm, Tante Ada sorgt sich schon, sie kann nicht im Dunkeln durch den Garten gehen, wo ich doch die kleine Blechlaterne mit der Windschutzscheibe von zu Hause mitgenommen habe. Es kommt ein Schneegestöber, wo wir die kleine Blechlaterne haben,

finden wir leicht nach Haus.

Zu Hause zieht er den schwarzen Anzug an und ich mein schwarzes Kleid. Wie gut, daß er Pianist wurde, wie gut, daß ich konfirmiert wurde. Und er spielt Händel und Purcell zu Ehren des himmlischen Kinds.

Der Pastor freut sich und Mama denkt sich, daß es doch kein Vergleich ist, alles in allem, nein, das weiß ich nicht. Aber ich denke es, auch wenn der Herr Pérou diese Mandelaugen hat, und Tante Ada hat es immer gesagt, auch wenn er nicht in die Zeit paßt, aber Tante Ada sagt: Ein guter Mensch paßt nie in die Zeit. Und dann sagt der Pastor, so wäre es, Christen paßten nie in die Zeit. Und Tante Ada antwortet, das habe sie ganz allgemein gesagt, von Christen wisse sie nichts.

Aber Fräulein Mathilde kennt einen, den sie immer abstaube, wenngleich der Pastor sage, den brauche sie nicht abzustauben, das sei ein Däne und außerdem kein Christ, und für die Sonntagspredigt könne er ihn nicht gebrauchen.

Und Professor Kowalsky vermittelt, er will es vom Ästhetischen sehen, vielleicht kein Christ, aber ein Ästhet – das Schöne muß auch sein Gegenteil aushalten. Da nickt der Herr Pérou und denkt an Verlaine, nein, an Baudelaire. Und du spielst Händel und Purcell zu Ehren des himmlischen Kinds. Du hast es schon vergessen, daß du eben an ihm gezweifelt hast, nein, ich weiß es nicht, aber jetzt spielst du, jetzt zweifelst du nicht.

Und Abend für Abend sitzen wir jetzt zusammen unter den Bücherwänden, ich auf einer der kleinen Leitern, er an seinem Pult. Nein, er sitzt nicht, er steht. Er liest im Stehen, langsam mit vielen Lesezeichen, ich lese schnell.

Ich weiß nicht, wie lange ich noch lesen kann, ich muß eine Frau werden, ich muß Kinder auf die Welt bringen, und noch hat kein Mann nach mir gefragt. Tante Ada sagt: Es ist ein Unglück ohne Kinder und ohne Mann. Nein, für sie selbst gilt das nicht, sie ist ganz zufrieden, daß es ist, wie es ist, aber wenn die Umstände nicht dagegen wären – das finden meine Freundinnen auch. Und

küssen mich, zum Ersatz. Ich bin siebzehn Jahre, noch hat mich kein Mann geküßt, auch kein Spielgefährte, nur Freundinnen dürfen durch die Hecke gehen.
Und nachts gehe ich auf den Speicher. Von den Speicherluken oben im Dach sieht man die ganze Stadt. Ich muß nur die Häuserdächer abdecken und nachsehen, ob irgendwo einer alleine schläft, und mir das Haus merken und mich neben ihn legen, und am nächsten Morgen bin ich seine Frau. Und dann neun Monate und das erste Kind und noch einmal neun Monate und das zweite Kind und so durch die Jahre fort. Ich gehe die Speichertreppe hinunter. Ich werde Kinder haben und einen Mann.
Der Pastor findet es richtig, ein Gemeindepfarrer wäre schön. Es gäbe mir den fehlenden Halt.
»Aber mir fehlt kein Halt, ich will nur Kinder und einen Mann.«
Und Fräulein Mathilde sagt: »Jede Frau braucht einen Halt.« Sie hat den Pastor, auch wenn sie nur seine Haushälterin ist, und Mama hat den Herrn Pérou und Papa, Mama hat einen doppelten Halt. Nur ich habe keinen Halt. Ich will auch keinen haben, ich kann alleine stehen, ich kann einen Pinsel in der Hand halten und eine Geige im Arm, ich kann Bücher lesen, und ich falle auch nach Mitternacht nicht von der Bücherleiter, und die Mütze bläst mir kein Wind vom Kopf.
Kein Wind, aber ein Student, ein Student der Anglistik und Theaterwissenschaft. Und ich denke nicht daran, neben ihm zu liegen, ich habe ganz vergessen, daß ich die Häuserdächer abdecken wollte, um nach einem zu suchen, der alleine schläft.
Auch er schläft alleine, auf der rechten Flußseite, dicht beim Brückenpfeiler der Severinsbrücke, am Gotenring. Und schreibt mir Briefe, und ich lese sie langsam, mit Lesezeichen, da ist Zeit.
Und nehme mein Tintenfaß aus Porzellan und Briefpapier und schreibe auch, aber nicht ihm. Ich schreibe meinen Freundinnen, nein, nur Nicole. Nicole und ich gehen Schlittschuh laufen, Nicole und ich lieben sich. Aber erst, seit Nicole sagt, sie sind keine Wunder und sie hätte gedacht, sie wären ein Wunder. Nicole läßt

keinen Mann mehr gelten, nur den armen Heinrich, und das sagt sie wie Mama und ist auch etwas entfernt mit Mama verwandt. Doch jetzt will Nicole auch nicht mehr mit Mama verwandt sein und jedenfalls keine Französin mehr sein. Jetzt hat Nicole das Römische Reich Deutscher Nation entdeckt und seine Ritter und seine Sehnsucht nach dem Gral, nach der Blauen Blume, nach dem unschuldigen Blut – ein Mädchen muß es sein, keine Frau, ein Mädchen – gegen den Aussatz, nach der Erlösung – und erklärt, daß wir ihn retten müßten, den armen Heinrich. Und meint, sie, Nicole, müsse ihn retten. Und versucht es ein halbes Jahr. Und er lächelt und läßt sich nicht retten, nicht so, wie sie es sich dachte. Ihn retten, ein Mädchen? Wie soll es das anfangen? Er denkt nicht an ein Mädchen, nicht einmal an eine Frau.

Er hat ein Gottesproblem. Aber das sagt nicht er, das sagt der Pastor.

Nicole hat es aufgegeben, ihn zu retten. Mama ist in Chantilly. Die Ulmenallee ist krank. Tante Ada schneidet Leinen in Stücke. November, nein, schon Dezember, der Park ist immer ganz nah, die Enten im Teich schnattern.

»Du mußt sie erinnern, Papa, dann schnattern sie leiser, dann erinnern sie sich auch. Weißt du noch: Kein Sperling fällt vom Dach und jedes Haar gezählt?«

Du schüttelst den Kopf. Kein Sperling fällt vom Dach? Und jedes Haar gezählt? Von Dachau bis Buchenwald jedes Haar gezählt? Und der Pastor sagt es dir ins Gesicht: Du zweifelst, du hast ein Gottesproblem.

Du widersetzt dich, stehend, von deinem Pult aus, nein, du erzählst nur: Und als er nach Flossenbürg kommt, gegen Mitternacht, er muß noch weiter, bis Oranienburg, bis Theresienstadt, bis Treblinka, bis Maidanek – die Herren sind beim Roulette – und von seinem Kommissariat spricht und seine Sondervollmachten zeigt, erblassen die Herren nicht, nein, sie bedauern: Das Kommissariat kennen sie nicht, aber wenn Sie gestatten, eine gute Marke, Pommery – da streicht er das Vorrecht des Himmels auf das Jüngste Gericht. Er dachte, er hat gedacht, er hätte Kinder in die Welt gesetzt. Es sind keine Kinder. Nattern, Krokodile. Nein, auch keine Nattern, Krokodile. Füchse, Wölfe, Hyänen. Nein, auch keine Füchse, Wölfe, Hyänen. Mörder. Nein, auch keine Mörder. Einfach glattrasierte Herren, die die Anordnungen erlassen, die Befehle erteilen, die Operationen durchführen lassen, sich ihrer Aufgabe annehmen, die die Wachtposten beobachten, eine Kälte hier, aber der Mantel ist gut wattiert, und Stiefel bis zum Knie und darüber Gamaschen, und was unten im Transport geht, von oben gesehen, wattierte Schulter an Schulter im Flüsterton: Was das kostet, die Firmen wollen bezahlt sein, die sanitären Anlagen, Sie gestatten, meine Gamaschen, eine Kälte hier, was Sie nicht sagen, glauben Sie mir, die da unten, die haben es bald gut warm.«

Laß es gut sein, Papa, er versteht dich nicht, doch, er spricht vom deutschen Verhängnis. Es hat der Nation eine Lehre erteilt, wir können zuversichtlich in die Zukunft sehen. Du siehst keine Zukunft, du siehst zurück. Und er sagt, daß dir nicht zu helfen sei. Ein Mann braucht Gottvertrauen, ein Mann braucht Zuversicht. Aber, wenn du unten durch die Ulmenallee gehst, gehst du noch fast so aufrecht wie immer, auch wenn du das Haar weit über die Zeit zu schneiden vergißt, und die Kollegen munkeln. Wo doch alles mit Wiederaufbau beschäftigt ist, die Oberlichter schließen nicht, Mama sagt, es zieht im ganzen Haus, und die Fensterscheiben ersetzt du nicht, Wellpappe erlaubt kein Tageslicht. Und die Hecke wächst und wächst, wächst uns noch übers Haus. Wer steht denn noch beim Lesen vor seinem Pult und geht zu Fuß durch die ganze Stadt, wo es doch längst wieder Wagen zu kaufen gibt. Aber du kaufst keine Wagen, du kaufst nichts, willst nicht einmal wissen, was es wo zu kaufen gibt.

Und ins Theater gehst du nicht, auch nicht in den Städtischen Kunstverein. Herr Pérou sagt, dir fehlt der Sinn für Kultur, wo doch das deutsche Bildungsbürgertum noch nie von größerer Bedeutung war: der kulturelle Neubeginn. Du siehst keinen Neubeginn, du siehst zurück.

Geh schlafen, Papa, ich bitte dich, Onkel Eustache geigt Tag und Nacht, er sagt, du mußt es abwarten, bis du selbst hinter seinem Rücken stehst und ihm über die Schulter siehst. So ein dickes Buch, du weißt nicht, wozu es gut ist – da ist die große Pest zu London. Vom 27. Dezember bis zum 14. Februar 1665 mehrten sich die Sterbefälle in den Sprengeln von St. Giles und St. Andrew, obwohl das kalte Frostwetter anhielt. Und da ist die Französische Revolution. Und da ist Nathan der Weise. Und da ist Ägypten, das Harfnerlied, 2000 Jahre vor Christus: Die einst Häuser hatten – ihre Stätten sind nicht mehr / ihre Mauern sind zerstört, ihre Städte sind nicht mehr / als wären sie nie gewesen – wo willst du anfangen, Passion ist alles, von Anfang an.

Du nickst, aber du sehnst dich, die Passion zu endigen, sie dauert dir schon zu lange, von Ägypten bis Gethsemane, von Gethsemane bis Auschwitz, 4000 Jahre zu lang.

Doch, du wirst jetzt schlafen gehen, du wirst es versuchen zu schlafen.

Und Mama ist immer noch in Chantilly. Wie lange braucht ein Zuckerstück, bis es auf dem Grund der Teetasse ist? Nein, in Hoffmanns Erzählungen gehe ich nicht, was bemühst du dich, Herr Pérou? Aber im Sommer, als der lange Regen kam, kaufe ich Einmachzucker für mein eigenes Einmachobst, Äpfel, Birnen, Pflaumen, auch wenn ich keine Regale dafür habe, und kein eigenes Haus und keinen Mann.

Und als der erste kommt, den ich liebe, sagst du nein. Und ich sage dir, daß ich dir nicht gehorchen werde, doch, ich werde nicht mit ihm schlafen, aber ich werde ihn küssen, und als ich dir das sage, wirst du blaß.

Und ein Jahr haben wir uns nur geküßt. Dann ging er, weil ich dir mehr gehorche als ihm. Nein, so nicht, etwas hat gefehlt, ich kann nicht mit ihm gehen.

Und als der zweite kommt und gegangen ist, wieder hast du nein gesagt – er war dein bester Verbündeter, auch wenn du es mir nicht glaubst –, was willst du, Mädchen werden Frauen, Mädchen gehen aus dem Haus. Er ist zum Studium hier in Deutschland. Mein Vater will nicht, daß ich mit dir schlafe. Er versteht, wo ich nicht einmal verschleiert bin. Allah ist weise, Allah will, daß die Frauen verschleiert gehen. Er wird mich nur küssen. Nur küssen. Und wenn er zurückgeht – in Bagdad hat er eine Frau und zwei kleine Söhne –, wird er mich mitnehmen als seine Nebenfrau. Und als das Jahr vorbei ist, hebt er den Kopf unter dem Küssen: Ob ich mit ihm gehe? Nein, ich werde nicht mit ihm gehen. Da geht er, und ich sehe ihm nach, die ganze Hohestraße entlang. Und als der Schüttelfrost kommt im Mai – wie weit ist es von hier bis Bagdad? – sagt der Pastor, es wäre ein Unglück geworden, ich hätte dem Koran glauben müssen, aber er hat einen Freund, den Sohn eines Freundes, der wird Gemeindepfarrer, das nächste Mal nimmt er mich ins Pfarrhaus mit.

Nein, ins Pfarrhaus komme ich nicht, doch, ich kann es ihm nicht antun, wo wir für so gut wie verlobt gelten nach einem halben Jahr, Mama zuliebe, Tante Ada zuliebe, dem Pastor zuliebe, und weil ich den Schüttelfrost verlernen will. Aber anrühren darf er mich nicht, auch nicht küssen.

Und als der Frost einsetzt, komme ich ins Pfarrhaus, drei Winternachmittagsstunden, wir sehen auf die Uhr, sie schlägt jede Viertelstunde. Wenn du mich anrührst, schneide ich mir die Pulsader auf. In der Küche der Brotkasten. Weiß wie Schnee. Weiß wie Schnee, rot wie Blut, schwarz wie Ebenholz. Ich werde mich hüten, Kinder mit dir zu haben. Kein Schneewittchen, kein Schneeweißchen, kein Rosenrot, keine Goldmarie, keine Pechmarie, kein Sterntalerkind, kein Aschenputtel, keinen Fundevogel, kein Allerleirauh, kein Rapunzel, keinen Joringel, keine Jorinde. Kein Einäuglein, kein Zweiäuglein – durch die Fenster kommt ein Windzug, ich muß nur zur Haustür gehen.

Die Felder sind überfroren, Schwanenberg bei Erkelenz, du läßt es dir nicht nehmen, du begleitest mich, ich bin überfroren, der Wind ist überfroren, der Mond ist überfroren, bis der richtige kommt, und alles schmilzt und taut, und ich weiß nicht, ob ich ihn zuerst küssen, oder mit ihm Kinder haben soll.

Und Tante Ada läßt es gut sein und macht ihm Zitronencreme. Und meinen Vater fragt er, ob er die Hecke nicht ein bißchen kürzer schneiden könne. Ja, das darf er, und niemand im Haus schöpft Verdacht. Wenn er ein Galan wäre, würde er sie doch küssen. Aber er küßt sie nicht. Sie sitzen auf dem Teppich und reden vom Prachtnetz, vom endgültigen Verlöschen, von der Lehrrede ohne Fehl, vom Lohn der Büßerschaft, ganz leise, aber der Pastor hat es gehört. Wenn er das Ohr an die Tür legt. Der Pastor freut sich: sie reden vom Paradies. Nein, nicht vom Paradies, oder vielleicht doch, wer weiß denn, wo genau es liegt. Wenngleich, er behauptet, er wisse es genau, Buddha der Erleuchtete hätte es ihm gesagt. Aber da er im übrigen mit beiden Füßen im Garten steht und die Hecke schneidet und gern Zitronencreme ißt, höre ich ihm zu und glaube ihm nicht, nicht ganz. Wie ich dem Koran zugehört habe, nein, da habe ich nicht einmal zugehört, ich war taub für den Koran. Aber Rabbi Micha habe ich zugehört, vielleicht noch am ehesten Rabbi Micha: Die Himmel sind Gottes Himmel, und die Erde gab er den Menschenkindern, daß sie sie zu einem himmlischen Ding machen.

Wenn es im Haus dunkel wird, ist der Tag vorbildlich verbracht. Und irgendwann mitten in der Nacht stehe ich auf dem Balkon und sehe ihm nach.

»Ging da nicht eine Tür?«

»Doch, Papa, er ging nach Haus.«

Wenn er ein Galan wäre, würde er doch über Nacht bleiben, aber er geht lieber durch die Nacht für sich nach Haus.

Und weil wir jetzt immer verbündet sind, haben wir Zeit. Nein, manchmal nicht, dann breite ich die Arme aus und sehne mich nach einem eigenen Haus mit einer eigenen Hecke und vielen Regalen innen im Haus.

»Er ist der dritte, er ist der richtige, zweimal hast du nein gesagt.«

Du stehst im Türrahmen. Eine Ehe? Wir haben dein Vertrauen enttäuscht. Wenn du das auch nur im Traum geahnt hättest,

hättest du dir nicht die Hecke von ihm schneiden lassen.
Ach, Papa, was du nicht sagst. Tante Ada sagt, daß du einfach eifersüchtig bist, alle Väter sind eifersüchtig auf ihre Schwiegersöhne, alle Väter mißtrauen ihren Schwiegersöhnen.
Nein, so sagst du es nicht. Du sagst, du hast die Verantwortung, du weißt es besser, du kennst den Weg.
Und stehst wieder ganz so aufrecht wie früher im Türrahmen. Wir hätten Zeit, wo wir noch kaum aus den Kinderschuhen wären. Und deinen Schülern bist du wieder ein Lehrer, wie er im Buch steht. Nein, deine Schüler haben nie etwas gemerkt. Ein deutscher Professor, ein aufrechter Christ, ja, Papa, und ein Patriarch, im Glauben wie im Zweifel, so groß ist der Unterschied vielleicht nicht. In deinem Haus tanzt man nicht, in deinem Haus geigt man nicht, in deinem Haus vertraut man dir.
Ich vertraue dir, aber ich gehorche dir nicht. Von Anfang an, auf die Speichertreppe, auf den Speicher. Er hat mich dir entwendet. Nein, nicht entwendet, nur so ein bißchen gewinkt: »Du mußt lernen, du mußt auf eigenen Füßen stehen. Wer nicht auf eigenen Füßen steht, kann auch nicht tanzen. Du mußt wissen, in welchem Jahrhundert du bist.« Tante Ada hat Nachschlüssel, die schließen das Bücherzimmer auf. Ich muß wissen, was in ihnen steht, sonst kann ich dich nicht verstehen.
Du schüttelst den Kopf. Du lächelst. Ein Mädchen? Verstehen? Aber vielleicht. Du sagst, wenn ich ein Sohn geworden wäre, hättest du vielleicht einen Freund gehabt.
Und so, auch wenn ich nur ein Mädchen bin? Es kann sein. Du willst es nicht ganz leugnen. Aber du sagst, einem Sohn hättest du die Welt ans Herz gelegt.
Was willst du, Papa, du hast sie mir doch auch so ans Herz gelegt, auf meine Weise liegt sie mir auch am Herz.
Und jetzt, laß mich gehen. In mein eigenes Leben, mit Mann und Kindern, in einem eigenen Haus.
Du schüttelst den Kopf Nein, nicht. Noch nicht. Du weißt es besser. Du kennst den Weg.

Ach – nicht einmal deinen eigenen Weg, auch wenn du es nicht zugibst, oder schwer.

Dezember – ich verrate dich, im Januar verlasse ich dein Haus, die Speichertreppe weiß es, die Ulmen wissen es, du weißt es nicht. Nein, ein Dach haben wir nicht, nicht einmal vier Wände von einem Haus. Ich studiere im zweiten Semester Griechisch, Gotisch, Althochdeutsch, und er schneidet Hecken, wenn er eine findet, und hält die Mütze hin. Er weiß den Weg nicht einmal bis zur nächsten Straßenecke, auch wenn er behauptet, Buddha der Erleuchtete weiß. Aber er gibt auch zu, daß er nicht ganz genau wisse, was Buddha der Erleuchtete weiß.

Nur gehen. An der nächsten Straßenecke kommt ein Wind. Nicht fragen, nicht grübeln, bei der Hand nehmen und den Finger in den Wind halten. Er dreht sich, der Wind dreht sich. Was willst du mehr? Eine kleine Zeit, als es wichtig war, ein Dach über der Welt zu wissen, hatte die Welt ein Dach. Es wölbte sich, hoch, über den Speicher, über den Ententeich, über die ganze Stadt. Du hast es vielleicht nur mir zuliebe erfunden. Du bist mein Vater, ich bin dein Kind. Ich muß vertrauen lernen. Ohne Vertrauen kann ich nicht stehen, nicht einen Tag in einer solchen Welt. Du mußt es mir beizeiten sagen, bevor ich anfange zu fragen: kein Sperling fällt vom Dach? Und jedes Haar gezählt? Von Dachau bis Buchenwald jedes Haar gezählt?

Du hast Sperlinge vom Dach fallen sehen, so viele, auf deine Schultern, auf deine Hände. Du hast es versucht, sie einzeln zu begraben, und als es zu viele wurden, gabst du es auf.

Aber du gehst noch lange danach durch deine Stadt, auch nach Mitternacht, um zu verhindern, was du verhindern kannst. Du bist ihr Bürger, du hast die Verantwortung.

Laß es gut sein, was sorgst du dich, ich glaube dir längst, auch wenn ich zu groß für den Glauben geworden bin. Im Dezember kommt kein himmlisches Kind. Im Dezember stehst du selbst hinter verschlossenen Türen, die kleinen Bücherleitern rund um den Baum, um die Kerzen aufzustecken, um die Äpfel in den Baum zu hängen, Nüsse und Marzipan.

Ich habe dir gesagt, daß du es selber bist. Und du erschrickst, gehst längst nicht mehr so aufrecht wie früher durch dein Haus. Ich weiß: Wem zuliebe? Wenn ich dir doch entwachsen bin? Nein, so nicht, wenn auch entwachsen. Ich wollte dir nur sagen: Die Welt hatte ein Dach, als es wichtig war, ein Dach über der Welt zu wissen, auch wenn du es nur für mich erfunden hättest. Du bist mein Vater, ich bin dein Kind.

Nein, du sagst, das genüge dir nicht, ich müsse dem Himmel glauben, der Himmel sei mein Dach.

Aber du glaubst dem Himmel selber nicht, du zweifelst, auch wenn du es lange verbirgst. Du fragst nach jedem Sperling, nach jedem einzelnen Haar. Du gehst von Lager zu Lager, Schritt für Schritt. Und als du weißt, was du wissen willst, fragst du nicht mehr nach Tag und Nacht, nur nach der Schuld, immer nur nach der Schuld. Und deine Freunde meiden dich. Mama friert in deinem Haus. Bis der Spielgefährte kommt, aus Chantilly. Onkel Eustache ist tot.

Ich friere, nein, ich friere nicht. Du hast ihn mir geschenkt, zwölf Jahre lang: »Und nicht weinen, jedenfalls nie lange, du mußt wissen, in welchem Jahrhundert du bist, du mußt auf eigenen Füßen stehen und die Welt zu einem himmlischen Ding machen. Geh, sag dem armen Heinrich gute Nacht.«

Ich lerne die deutsche Geschichte von Karl dem Großen bis Dachau, bis Auschwitz, und wie Walther von der Vogelweide gesungen hat. Und die Hecke wächst und wächst.

Ich kann dir nicht helfen, Papa, ich gehe und nehme dein Erbe – Vertrauen – in die eine Hand und das andere Erbe, von ihm her – spielen, geigen, tanzen, auf eigenen Füßen stehen – in die andere Hand. Da kommt ein Wind auf, die Balkontür, die Zimmertür, die Haustür, es zieht im ganzen Haus, ich nehme nicht viel mit, ich lasse alles offen stehen. Er wartet draußen, unter einer Wolke, sieht ganz nach Schneewolke aus. Nicht fragen, nicht grübeln, den Finger in den Wind halten, er dreht sich, der Wind dreht sich, bläst von allen Himmelsrichtungen rund um die Welt. So eine kleine Kugel. Wir können sie in einem Tag durchlaufen. Und wenn es Abend wird, bringen wir sie ihm zurück. Dann erinnert er sich: Ja, das ist sie, und nimmt die Welt in seine Hand zurück. Und jetzt, auf Zehenspitzen, ich muß leise sein, wenn ich dein Haus verlasse, und wenn du lächeln kannst, komme ich zurück. Du kannst es, aber nicht im ersten Jahr, auch nicht im zweiten Jahr, aber im dritten.

Du sitzt im Garten. Sie ist zwei Jahre, sie steht vor deinem Stuhl. Gartenstuhl. Ich bin zurückgekommen für einen Nachmittag. Du siehst mich nicht, du siehst das Kind. Wo sind die kleinen Eisstückchen in der Apfellimonade? Sie sind nicht mehr da. Du hebst den Zeigefinger, sie weint nicht mehr, sie hört dir zu. Du erklärst ihr, wohin sie geschmolzen sind. Aber doch nur in die Apfellimonade, nur in die Apfellimonade hinein sind sie geschmolzen. Weißt du nicht, wie eine Schneeflocke schmilzt?

Sie hört dir zu. Schon hast du sie von dir eingenommen, schon erklärst du ihr, schon ermahnst du sie, schon beschwichtigst du sie. Du hast den Kopf in die Hand gestützt, das Licht fällt durch den Baum. Blätterschatten auf Gesicht und Hand.

Ich bin zurückgekommen, nach fast drei Jahren, einen halben Nachmittag lang.

Wenn ich später gehe, wirst du es kaum bemerken, du hast das Kind. Sie bleibt den Sommer über bei dir. Tante Ada hat ihr einen Leinenhut gekauft. Du siehst mich nicht mehr, du siehst nur deine Enkelin. Du hebst den Zeigefinger: »Du mußt vertrauen lernen, die Welt hat ein Dach.«

Und als du stirbst, an einem Karfreitag, du hast den schwarzen Anzug an, du hast ein Rendezvous, du bist sehr gespannt, du hast viertausend Jahre gewartet, von Ägypten bis Gethsemane, von Gethsemane bis Auschwitz, du sehnst dich, die Passion zu endigen, du brauchst keinen Pastor, du brauchst keinen Arzt, du wirst doch noch zu Fuß und allein deinem Gott entgegengehen dürfen, und ich halte dir die Tür gegen sie alle.

Und als ich sie doch öffne, einen Spalt, nur einen Spalt, ganz gegen

Abend, hast du es doch gemerkt, du hebst den Zeigefinger, du bist in einer wichtigen Besprechung, aber dann läßt du ihn sinken und verrückst den Stuhl, so ein bißchen, noch näher an die Tasten, und spielst, nein deutest nur an und lächelst: Ob ich es höre, Händel und Purcell zu Ehren des himmlischen Kinds? Gute Nacht, Papa, Christ, Menschenfreund, Patriarch.

IV

Aber auf dem Sommerfest weiß ich von nichts. Kein Wunsch. Kein Traum. Keine Erinnerung. Ich habe ihn nicht mehr erinnert, lange nicht. Doch, manchmal doch, aber nie ganz, nur bis zum Ententeich, nein, noch etwas danach, Vorschriften – ich soll ihm gehorchen – dazwischen nichts, dann erst wieder Blätterschatten es ist gut geworden, alles wieder gut.

Auf dich hatte ich nicht gewartet. Ich war nicht einmal auf dich gefaßt.

Ich habe ein eigenes Haus mit einer Hecke und Kinder und einen Mann. Und die Zeit vergeht schneller, als ich atmen kann. Zwischen Wünschen und Erfüllen vergeht nicht einmal ein Tag. Der Pflaumenbaum will geschüttelt werden. Der Plastikdrache hat sich an der Dachrinne verfangen. Vogelfutter gegen den Winter streuen. Schlitten ziehen, sie hat den Bär aus ihrer Decke verloren, wir ziehen den leeren Schlitten den ganzen Weg zurück. Und als sie schluchzt, mitten in der Nacht schluchzt, wo sie ihn doch längst wieder im Arm hat, sie hat ihn doch verloren, eine Zeitlang waren sie und er jeder für sich im Schnee. Der Schneemann darf nicht schmelzen, sonst verliert er seinen Hut. Aber er muß schmelzen, sonst können die Krokusse nicht kommen, die unter dem Schneemann stehen. Wir tragen den Schneemann aus der Sonne auf die Nordseite des Hauses, da schmilzt er nicht so leicht, und die Krokusse können kommen. Es ist kein Bruder, es ist eine Schwester, und sie hat einen Bruder gewollt. Wir ziehen die Schwester wie einen Bruder an. Und nie Kleider, versprich es mir. Ich verspreche es ihr. Aber die Schwester will Kleider anhaben, als sie stehen und laufen kann. Sie bewundert die größere Schwester. Da zieht die größere Schwester der kleineren Schwester ihre eigenen ausgewachsenen Kleider an. Und beide sind stolz.

Und Tante Ada lebt immer noch und bringt das nie verwendete

Leinen mit. Doch, einmal hat sie es verwendet, für einen Leinensonnenhut – und macht zwei Sommerwochen lang Leinenkleider, für die Töchter eins und eins für mich. Ich werde es auf dem Sommerfest tragen.

Nein, du hast mich nicht auf den Nabel geküßt, du hast nicht einmal gelächelt, weit entfernt, du warst im Gespräch mit – ich weiß es nicht mehr –, ich noch hinter der Glastür. Du hast das Gespräch nicht unterbrochen, aber du hast mich angesehen. Nein, du bist nicht gekommen. Ich bin gekommen. Ich war in keinem Gespräch. Ich wollte nicht, daß du dein Gespräch unterbrichst, um zu mir zu kommen. Du warst nicht überrascht. Du hast es dir gedacht. So, du bist also Arzt. Du stellst dich vor: Bellut. Charles Bellut. Arzt. Du sagst – du sagst es langsam, ohne Lächeln –, du habest mich auf den Nabel geküßt, durch den Raum, durch die Glastür, durch das Kleid, und jetzt sei ich da.

Ja. Jetzt bin ich da.

»Verheiratet?«

»Ja.«

»Kinder?«

»Ja.«

Und als du dich setzt, stehe ich immer noch und lächle es weg. Nein, nicht sofort. Ich höre dem nach, was ich gesagt habe. Eine verheiratete Frau. Was ist eine verheiratete Frau? Ob ich dich fragen soll? Ich brauche dich nicht zu fragen. Ich sehe dein Gesicht. Es akzeptiert, hat bereits akzeptiert. Was?

»Du mußt nur glauben, was du siehst. Du siehst keinen Mann, du siehst keine Kinder, du siehst mehr als ich selber sehe, im Augenblick sehe ich nur dich.«

Und als du mich verwundert ansiehst, sage ich dir: »Du mußt dich nicht wundern. Es kommt vor, daß man keine Sätze mit Sie bilden kann.«

Und da kommt die gnädige Frau. Sie fragt, ob wir schon ihre Kakteen gesehen haben. »Nein, wir hatten es gerade vor.«

Du stehst auf, du gehst neben mir in den Garten hinaus.

»Nein, du mußt den Arm nicht um mich legen, ich kann ganz gut alleine gehen.«

Du nimmst ihn zurück. Du siehst unsicher aus. Du sagst, du habest es dir gedacht, kein Ehebruch, ich dächte nicht an Ehebruch.

»Nein, von Ehebruch kann ich nicht einmal träumen, sein Haar und mein Haar fliegt aufeinander zu, wenn wir gehen.«

Du nickst, du habest mich ja nicht umsonst auf den Nabel geküßt. Wir finden die Kakteen nicht, aber wir finden einen Baum. Wenn ich dich unter ihm küßte, würde es niemand bemerken. Aber ich küsse dich nicht, auch wenn ich dir gesagt habe, daß wir uns unter ihn stellen wollen.

»Nicht deine Hand, ich bitte dich, ich kann das Kleid selber ausziehen, wenn du es dir wünschst.«

»Und dein Mann?«

»Nein. Da muß ich nicht meinen Mann fragen, aber da müßte ich dich fragen, warum du es dir wünschst.«

Du sagst nichts, du siehst geradeaus, weißgestärkter Kragen, Krawattennadel, Manschettenknöpfe, auch noch Manschettenknöpfe.

»Hast du eine Frau?«

»Nicht mehr.«

»Kinder?«

»Nicht mehr. Zwei Töchter aus der ersten, zwei Söhne aus der zweiten Ehe.«

»Nicht mehr?«

»Nicht mehr. Da ist nichts mehr, was mich widerlegen könnte. Doch. Etwas doch.«

»Etwas doch?«

»Etwas doch. Weibliche Unvernunft.«

»Weibliche Unvernunft? Was soll das sein?«

Du sagst, du wissest es selber nicht, aber du stelltest es dir vor – ein Geschenk. Einen Augenblick habest du geglaubt, mehrere Augenblicke, daß ich im Begriff sei, es dir zu schenken. Daß es möglich sei, deinem ganzen Leben eine andere Wendung zu geben.

So viele kleine Knöpfe – wie sie aufmachen? Knopf für Knopf. Die Manschettenknöpfe gingen doch nur im Gras verloren.
Deinem ganzen Leben eine andere Wendung geben? Ach, das glaubst du doch selber nicht, du erwartest nur, daß ich dich liebe, dich, Charles Bellut, Arzt in Charleville, nein, nicht mehr in Charleville, in Charleville bist du nur geboren.
»Was war es für ein Haus? Auch Felder? Auch Wiesen? Hast du Nester ausgenommen?«
Du nickst. Ja, auch das. Und auf dem Mont Olympe Pflaumenbäume, Pflaumenbäume den ganzen Hang. Immer noch. Du willst es mir zeigen.
»Ja. Vielleicht. Vielleicht komme ich und du zeigst es mir.«
»In diesem Kleid.«
»Warum in diesem Kleid? Und wenn es Winter wäre? Es ist ein Sommerkleid.«
Du schüttelst den Kopf, kein Sommerkleid. Frühlingskleid. Und warum erst im Winter? Jetzt. Es ist dein Wunsch.
»Auch Wünsche brauchen Zeit, müssen wachsen lernen.«
Du willst keinen Wunsch mehr wachsen lassen. Du willst nicht einmal mehr erwachsen wünschen. Du sagst, daß du es zu lange getan hast. Du willst es vergessen. Einfach so, die Augen zu, und doch nicht gestorben sein. Ob das geht? Du hättest es gerne versucht. Sonst – Selbstmord schreckt dich nicht, nicht mehr.
»Was willst du, daß ich dir darauf antworte – er würde mich schrecken, ich würde es verhindern wollen, wenn ich dann da wäre, wo du gerade bist.«
Ob ich dich küsse?
»Ja, daran hatte ich gedacht, von Anfang an, aber nur, wenn du lächeln kannst, wenigstens lächeln kannst.«
Du sagst, du könnest es nicht.
»Dann kann ich dich auch nicht küssen, so nicht, und jetzt gehen wir zu den anderen zurück.«
Du hältst mich fest.
»Nein, halt mich nicht fest, was nützte es dir, du erwartest doch,

daß ich dich liebe. Es kann sein, noch weiß ich es nicht. Du mußt mir Zeit lassen. Dann komme ich. Ich war nicht auf dich gefaßt.«
Noch im Oktober auf der kleinen Brücke – du hast einen gefütterten Mantel an – du bist mir fremder als auf dem Sommerfest.
»Das will ein Fluß sein, das ist nicht einmal ein Bach.«
Du stützt dich mit der Hand auf das kleine Brückengeländer. Ich gehe durch den Bach. Ich stehe schon auf der anderen Seite. Du hast den Mantelkragen hochgestellt. Du siehst mich an. »Willst du eine Photographie von mir machen?«
Du hast keine Kamera, du hast nur einen Regenschirm. Aber ich habe eine Kamera. Ich mache eine Photographie von dir, damit ich dich besser erinnern kann.
»Bist du müde? Sollen wir uns setzen? Komm, noch ein kleines Stück, bis wir eine Bank gefunden haben.«
Wir finden eine Bank.
»Nein, laß den Mantel an, mir ist nicht kalt.«
Du ziehst ihn aus, du hängst ihn über die Bank. Ach, Liebster, Oktober, wir hätten ihn zum Zudecken gebraucht, aber dann ist der Boden doch zu kalt. Ich kann nicht, ich kann dich nicht einmal liebkosen, da ist kein Wind, der mich zu dir bläst, vielleicht, wenn wir tiefer im Winter sind, ein Schneesturm, der sich erbarmt.
Kein Schneesturm. Ein Zigeuner. Ich werde mich hüten, es dir zu sagen. Du wirst es nicht verstehen. Ich verstehe es selber nicht. Doch, ich verstehe. Meine Seele und ich waren immer eins. Ich durfte lieben, was ich lieben wollte. Ich konnte lieben, was ich lieben wollte. Also alles wie immer. Alles wie Gott. Alles wie Vater. Alles wie Freunde. Alles wie Ehe. Alles wie Kinderhaben.
Jetzt waren wir uneins, meine Seele und ich, über dich. Kein Vater. Kein Freund. Kein Kind. Nicht mein Mann. Nichts, was ich einordnen kann. Nur eine Erwartung. Und wenn ich sie nicht erfüllen kann? Wenn ich selber etwas erwarten muß? Wenigstens, daß du lächeln kannst? Daß du wenigstens lächeln kannst. Ich mußte mir einen finden, der nicht so aussieht, als ob er es kann, zur Probe, und wenn es trotzdem gelingt, daß er lächelt, dann kann ich kommen,

dann komme ich.

Da kam er und machte alles leicht. Er hat nicht gelächelt und nicht gefragt. Er nahm mir etwas weg, blitzschnell, und ging davon, mit krummem Rücken, so eilte er sich. Ich rief ihm nach, da drehte er sich um, spöttisch, es wird wohl nicht so viel daran gelegen sein. Und meine Seele riet mir nichts. Mein Körper war allein. Mein Körper war verletzt. Er bäumte sich auf, viel stolzer als meine Seele, das hatte ich nicht gedacht. Ich muß mich für ihn schlagen. Ich muß den Zigeuner auch verletzen, wie er mich verletzt hat.

»Du machst es schlechter als fünfzig andere. Du bist alt.«

Da geht kein Wind, da kommt sein Zorn, da flattert sein Hemd, da zittert sein ganzer Körper, und ich habe ihn nicht einmal liebkost. Wer hat ihn so verhetzt? Selbst sein Zorn ist verhetzt. Wenn er sich jetzt umdreht, um endgültig zu gehen, weiß er viele Meilen nicht, ob es nicht vielleicht stimmt.

Da kommt der Wind, da schickt er sich an zu gehen, da liest er in meinem Gesicht, da sagt ihm mein Gesicht, daß es nichts weiß, nichts weiß von fünfzig anderen, er kann es also auch nicht schlechter gemacht haben als sie.

Da kann er lächeln, bis in die Augen hinein, da kann ich ihn berühren, auch ich, da kann ich ihn küssen, da kann ich ihn liebkosen, da geht er, als er geht, schmächtiger Räuber, nicht mehr mit krummem Rücken, sondern stolz.

Mein Herz gibt ihm recht. Aber er hat nicht danach gefragt. Es genügt ihm, daß ich dastehe und ihm nachsehe, wie er geht und immer kleiner wird, je länger er geht.

Ich komme nach Charleville, was sollte ich noch fürchten?

V

In der Rue de la République in Charleville liegt die Bonbonnière. Da haben wir den Tee getrunken. Und als ich komme, sagst du, ich sähe so aus, als ob ich sieben Monate zu Fuß durch den Schnee gegangen sei. Und lächelst. Ich habe es nicht einmal sofort bemerkt. Etwas erinnert mich, ganz deutlich, aber ich kann mich nicht erinnern, was.

»Nein, es ist kein Frühlingskleid, nur Stiefel und Pullover, was willst du, wo noch immer Schneefalle gemeldet sind.«

Und als du wieder lächelst – die erste Angst. Nicht anmerken lassen, weglächeln, das gibt es also auch, daß man eine eigene Angst weglächeln muß.

Du erzählst. Von Charleville. Auf dem Mont Olympe wachsen tatsächlich noch immer Pflaumenbäume, der ganze Hang, du wirst es mir zeigen. Du solltest Apotheker in Charleville werden. Du hast kleine Papierschiffchen auf die Meuse gesetzt, da, wo sie sich gabelt, hinter der Vieux Moulin, du und Catherine und die Schwester, die in Charleville geblieben ist. Du besuchst sie nicht mehr, schon lange nicht.

»Nein, nicht so viel Eclairs, ich kann sie nicht aufessen.«

Und du fragst: »Gibt es das, zu viel Eclairs?«

»Nein, die neuen Philosophen kenne ich nicht. Doch, warte, ich erinnere mich.«

Du winkst ab: Es kommt nicht auf sie an, aber sie bezeichnen eine Wende, der Mai 68 ist zehn Jahre vorbei. »Du hast doch dem Mai 68 nicht einen Augenblick geglaubt.«

»Nein, ich halte es mit Voltaire.«

»Weißt du, daß Voltaire kein kirchliches Begräbnis bekommen hat?«

»Er liegt im Pantheon. Und Rimbaud liegt hier, in Charleville, und Balzac auf dem Père Lachaise. Er hat nicht danach gefragt, warum die vierzig Unsterblichen bis auf zwei, die ihn unsterblich finden wollten, gegen ihn gestimmt haben. Er beherbergt gleichmütig, Sterbliche und Unsterbliche, nein, jetzt nicht mehr, man hat es ihm untersagt.«

In der Rue de la République fragst du mich, ob ich mit dir schlafen werde.

»Ja, daran hatte ich gedacht.«

Und auf der Place Ducale bitte ich dich, hundertmal mit mir um die Place Ducale zu fahren. Da lachst du und sagst, daß es in Charleville keine Kutschen gibt. »Ich habe nichts von einer Kutsche gesagt. Warum nicht in deinem Wagen? Ich muß mich doch erst an dich gewöhnen, auch wenn ich mit dir schlafen will.«

Und du schüttelst den Kopf: hundertmal um die Place Ducale? Vor dem kleinen Pavillon gegenüber dem Bahnhof habe ich dir gesagt, daß ich zurückfahre. Du gehst allein ins Hôtel du Nord.

Es gab keinen Zug mehr, der zurückfuhr, es gab nur noch einen Zug nach Paris. In Paris ist dein Haus, die Praxis liegt im ersten Stock. In den oberen Stockwerken wohnt die Familie, nein, nur noch Catherine und Hélène.

Noch am gleichen Tag, in der gleichen Nacht, habe ich das Messingschild gefunden: Charles Bellut. Ein kleiner Vorgarten, eine Magnolie, aber sie blüht nicht, noch nicht. In einem Zimmer in deinem Haus brennt noch Licht. Sag mir, wie wird man bei einem Verhältnis morgens zusammen wach?

Und am nächsten Morgen, so viele Brücken, Pont Neuf, Pont Mairie, Pont des Arts und Gärten, Jardin des Tuileries, Jardin du Luxembourg, Jardin des Plantes. Mama ist hier geboren, nein, nicht hier, in Chantilly. Im Sommer ging alles nach Dieppe.

Jetzt hätten wir längst gefrühstückt, über die Place Ducale wären Tauben aufgeflogen, wenn wir zwischen ihnen durchgegangen wären. Ich habe dich allein gelassen und weiß nicht einmal, warum. Du hast gelächelt. Du hättest nicht einmal lächeln müssen. Ich hatte mich gegen dich gewappnet. Ich kann dich lieben, wie es auch kommt. Ich muß mich auch nicht mehr erst an dich gewöhnen. Du hast recht: wozu hundertmal um die Place Ducale.

Ich habe dich angerufen, im Hôtel du Nord. Und als du kommst, bist du nicht überrascht, wir überqueren die Straße, du faßt nach meiner Hand.

»Du wolltest hier die Nacht mit mir verbringen.« Ach – ist es das? Am Nebentisch, als wir zu Abend essen, sitzt ein einzelner Herr. Schon wie er sitzt, ein Herr comme il faut. Er macht eine Bestellung. Er grüßt zu uns herüber. Er ist ein Damenmann. Damenmänner sind für uns da, mit Nachsicht. Und du? Hast du Nachsicht? Ich hätte es nicht geglaubt. Aber ich bin mir nicht mehr sicher, seit ganz kurzer Zeit, seit du lächeln kannst. Ich war es mir, sieben Monate lang, ich mußte zu dir kommen, wie es auch kommen würde. Und jetzt? Du hast gelächelt. Jetzt könnte ich eigentlich gehen, schon gehen.

Du stehst auf, du gehst zu deinem Mantel, schon fehlst du mir, so geht es nicht, du kommst zurück, du hast nur deinen Schal geholt.

»Ich muß mich erkältet haben. Das Hotel war nicht geheizt.« Ach, das Hotel in Charleville.

»Wenn ich Grippe bekomme, pflegst du mich.«

»Wo denn?«

»Aber hier. Du wirst einkaufen, was wir brauchen. Und für den Hals schreibe ich dir ein Rezept.«

Das Zimmer liegt im zweiten Stock. Neben uns fahrt der Aufzug, wir gehen die Treppe hoch. Ich werde bei dir bleiben, und morgen früh werde ich früh gehen. Bevor ich dich etwa vermisse. Ich hätte dich im Oktober lieben sollen, im Oktober liebte ich dich noch nicht. Die Bettdecke hat Fransen, sie streifen über den Boden, ich muß sie abnehmen, die Bettwäsche ist grün, hellgrün, wie bei jungen Blättern. Und Knopf für Knopf, bis auf die Manschettenknöpfe, ich muß aufpassen, daß sie nicht verlorengehen.

»Weiß dein Mann?«

»Natürlich weiß mein Mann.«

Aber du weißt nicht, und ich werde mich hüten, es dir zu sagen, auch wenn du jetzt lächeln kannst, auch wenn ich dich jetzt liebkosen kann.

Ich habe kein Kleid, das ich ausziehen kann. Nur einen Pullover.
»Ja, du kannst ihn mir über den Kopf ziehen, wenn ich das auch ebensogut alleine kann.«
Dreißig Jahre? – Das ist schon ein Unterschied. Vielleicht.
Kein Frühlingskleid. Kein Wolkenkleid. Kein Kleid um Kleid. Nur ein Pullover, Stiefel, Jeans. Nur Haut. Aber es kränkt dich nicht. Oder doch? Was siehst du mich so an? Noch nicht, ich bitte dich, auch ich will dich erst ansehen. Aber du lächelst nicht, nicht mehr, wo doch selbst er gelächelt hat, zum Schluß, ganz zum Schluß. Ein Vagabund. Du bist kein Vagabund. Du bist ein Habicht, du fliegst über den Wald und raubst. Ich bin nicht da. Flieg weiter auf die Wolke zu. Sie wird mich dir verbergen. Sie wird dich mir verbergen. Nein, bleib, ich will dich küssen. Und wenn ich dich küsse, machst du die Augen zu, machst du die Augen endlich zu und »doch nicht gestorben sein«. Da lächelst du und läßt es zu, und ich betrachte dich. Und irgendwann nimmst du von mir Besitz, ach so ein großes Wort.
Und am nächsten Morgen, ich muß leise sein, Jeans, Stiefel, Pullover, du merkst es nicht, und die Türe aufschließen, im Türrahmen stehen, es ist geglückt. Nein.
»Es hagelt. Nimm meinen Schirm.«
»Schon lange?«
»Seit einer halben Stunde.«
»Willst du mir ein Rezept mitgeben?«
»Wozu? Es hält dich auf.«
»Du hast keine Grippe bekommen?«
»Nein.«
Und nicht bewegen. Weiter im Türrahmen stehen, es kann immer noch glücken. Nein, ruf mich nicht zurück. Aber du rufst mich zurück.
»Vor deinem Haus steht eine Magnolie.«
»Du hast sie gesehen?«
»Ja. Sie wird bald anfangen zu blühen.«
»Wenn es nicht so kalt wäre.«

»Bald nicht mehr.«
»Was du nicht sagst. Laß. Ich weiß.«
»Was weißt du?«
»Daß du mich nicht liebst, nicht lieben kannst.«
»Ach – und was war es dann?«
»Ich weiß es nicht. Weibliche Unvernunft« – du lächelst – »weibliche Unvernunft.«
»Du hast sie dir doch gewünscht.«
»Ja.«
»Ich komme wieder, ab und zu.«
Du nickst.
»Ab und zu. Ich hatte gedacht, daß du wenigstens noch mit mir frühstücken würdest.«
»Ja.«
»Weil man, wenn man eine Nacht zusammen verbracht hat, bei Verhältnissen gewöhnlich auch noch zusammen frühstückt.«
»Ich werde mit dir frühstücken, weil man, wenn man eine Nacht zusammen verbracht hat, bei Verhältnissen gewöhnlich auch noch zusammen frühstückt.«
Wir sitzen am Frühstückstisch.
»In welchem Zimmer brannte Licht?«
»Im dritten Stock.«
»Dann war es bei Hélène.«
»Deiner Frau?«
»Meiner Frau. Nicht mehr.«
»Warum? Nicht mehr?«
»Ehebruch.«
»Was willst du damit sagen?«
»Da gibt es nichts mehr zu sagen. Ehebruch.«
Über den Tisch kommt ein Wind. Ich habe die Ehe gebrochen, ich auch.
»Und wenn Hélène dir etwas sagen will?«
»Sie kann mir nichts sagen wollen.«
»Und was sagst du zu uns?«

»Zu uns?«
»Wir haben die Ehe auch gebrochen.«
»Das ist nicht dasselbe.«
»Warum nicht? Weil du es bist, mit dem ich die Ehe breche?«
Du antwortest mir nicht, du siehst zornig aus.
»Laß, das Wort hast du gebraucht. Ich würde es nicht so nennen. Doch. Ich muß es so nennen, solange du es so nennst. Auch Hélène hat vielleicht nur versucht, jemanden anderen zu lieben.«
»Ich bitte dich, der jüngere Sohn war zwölf.«
»Du hast mich nicht gefragt, wie alt meine Töchter sind.«
»Das ist nicht dasselbe.«
»Und wenn ich deine Frau gewesen wäre und hätte jemand anderen geliebt?«
Du siehst aus dem Fenster.
»Komm. Ich zeige dir das Haus, die Praxis ist geschlossen.« Es hilft uns nicht. Alle Zimmer sind kalt. Von deinem Schreibtisch aus sieht man, wenn sie blüht, die Magnolie, aber sie blüht noch nicht. Und als ich Schritte höre, frage ich dich: »Hélène?« Du schüttelst den Kopf, du hast es mir doch gesagt, ihr sprecht nicht mehr miteinander, seit über fünfzehn Jahren nicht.
Es ist Catherine, einen Kopf kleiner als du, deine Schwester, braune Augen, die sich öffnen und schließen, ohne zu fragen, nein, nicht braun, versprengtes Gold, wie Sommerteiche. An der Wand hängt ihr Bild in einem runden Rahmen – traumschwere Zöpfe, kein Kindergesicht.
Sie sagt, oben bei ihr sei es warm.
Oben bei ihr hängen viele Bilder in runden Rahmen. Catherine erzählt, nein, erzählt nicht, flüstert – die Geschwister in Charleville – Papa est mort – ein Unfall – Mamas Bruder übernimmt die Apotheke – Mamas Bruder ist selber Witwer – ein achtjähriger Junge kommt mit ihm ins Haus. Er setzt mit den Geschwistern kleine Papierschiffchen auf die Meuse, da, wo sie sich gabelt, hinter der Vieux Moulin – und auf dem Mont Olympe Haschen, Fangen bis es dunkel wird. Und auf der Place Ducale – Catherine ist nicht

mehr sieben und der achtjährige Junge nicht mehr acht – zwei verlorene Kinder – enfants perdus – sagt Catherine – lieben sich, lieben sich zu früh.
Und der Onkel, der Apotheker, zwingt sie vierzehnjährig zum Abort, und Charles verläßt die Apotheke. Wenn Charles sie übernommen hätte, hätten sie ein warmes Reich gehabt – warmes Reich – sagt Catherine – wie ganz zuerst, als sie alle aus dem Nest gefallene Vögel waren – die Schwestern – und sie, Catherine, – Papa est mort.
»Und da?« Ich zeige auf ein Bild. Ich frage Catherine.
»Hélène.«
»Und da?«
Catherine erschrickt: »Julienne. In Etretat. Er hat es ihr nicht mehr erklären können. Sie kannte mich nicht. Charles und ich waren für ein Wochenende in Etretat.«
Du stehst auf, du legst Catherine den Finger auf den Mund und lächelst nicht. Oben im Haus schließt ein Fenster.
»Ich muß gehen – nein, du mußt mich nicht begleiten, ich kann ganz gut alleine gehen.«
Du begleitest mich. Du fährst mich an den Gare du Nord. Wann ich wiederkomme? Ich weiß es nicht.
»Verzeih Hélène.«
»Das kann man nicht verzeihen.«
Ach, Liebster, es war umsonst.
Nein, noch weiß ich es nicht. Du schreibst: »Balzac hat sich gelegentlich ›Wunderkind der Hoffnung‹ genannt.«
Aber du bist kein Wunderkind der Hoffnung, oder doch?
In zwei Tagen begraben sie sich. Ich schreibe dir mit Tinte. Meine Seele sagt, Tintenfinger sind nicht schlimm. Nicht ein einziges Jahr, von März bis noch einmal März, habe ich erduldet. Du mehr als sechzig Jahre jeden einzelnen Tag. Catherine sagt – da hast du es, es wird längst eine Geschichte. Ich bringe sie dir zurück, auch wenn du mich ausgeladen hast. Ich habe Tintenfinger, und du bist kein Damenmann. Oder doch? Eben doch?

VI

Die gnädige Frau lädt ein. Nicht zum Sommerfest. Ein anderer Anlaß – eine Überraschung. Wahrscheinlich wieder eine Entdeckung. Die gnädige Frau entdeckt gern.
Ich habe gewußt, daß du dasein wirst. Du hast es mir gesagt. Dreimal haben wir uns getroffen, auf halbem Weg. Nicht in deiner Stadt, nicht in meiner Stadt.
Zwei Gänge lang waren deine Bilder ausgestellt. Das hast du mir nicht gesagt. Ich stehe zwischen deinen Bildern.
Wenn man sehr lange hinsieht, könnten es Büsche und Bäume sein, ganz einzeln und kraus, ein ganzer Hang. Aber es sieht nur so aus. Eine weiße Stadt. Nein, nur Splitter. Weiße Splitter. Eine Dotterblume. Eine Frau ohne Kopf. Ein Buick. Eine Zellteilung. Quarz. Ein Aufsichtsrat. Brustorden. Licht –
»Wie charmant, wer hätte das gedacht, Doktor Bellut stellt aus.« Man unterhält sich, man hat Gläser in der Hand. »Was sagen Sie dazu? Wußten Sie schon?« – die gnädige Frau kommt auf mich zu.
»Nein, daß der Doktor Bellut Bilder malt, das hätte ich nicht gedacht.«
»Da, gnädige Frau, hören Sie, das hätte sie nicht gedacht.«
Du stehst hinter mir. Ich drehe mich nicht um. Ich gehe in den Garten, mein Herz klopft, deine Bilder sind schön. Ich bin eifersüchtig auf deine Bilder. Wäre ich eines deiner Bilder, hingest du mit ganzer Aufmerksamkeit an mir. Du müßtest mich ja erst malen. Male, male Falter auf meine Schulter, male Rot in mein Gesicht, ich will nicht, daß es blaß ist. Zieh mir ein grünes Kleid an, male mir Schuhe, damit ich gehen kann.
Du kommst, der Garten ist noch hell, was bildest du dir ein, daß ich hier mit dir steh, zum Spott der gnädigen Frau.
»Nein, ich entlasse meine Hilfe nicht, ich bin recht zufrieden mit ihr, ich bin es nämlich selbst. Ich besuche keine Ausstellungen, ich

gehe nicht ins Theater. Ich mache keine Entdeckungen, aber darf ich Ihnen mein Eingemachtes zeigen, den großen Pflaumenbaum habe ich zu Pflaumenmus gemacht, den kleinen zu Marmelade, genau gesagt Gelee. Meine Töchter gehen mir zur Hand. Meine Schwiegersöhne werden mir dankbar sein. Die Zeiten ändern sich, gnädige Frau, dann tragen auch Sie vielleicht nicht so ein weißes Kostüm.«
Du siehst mich an, du lachst: »Sieh da.«
Du nimmst meinen Arm, du gehst mit mir zu den anderen zurück. Schon wird es kühler um dich und mich.
»Gib acht. Das verzeihen sie dir nicht. Das ist der Herr von Möbel Pesch. Zwei Herren vom Kölner Kunstverein, die Dame macht Semitistik, Herr Ott vom Deutschen Ärzteblatt, Herr und Frau Didzoleit, Organisten, und das ist meine Freundin Sophie Quandt, sie eröffnet eine Galerie. Die beiden Herren neben ihr von der Galerie des Beaux Arts. Daneben die Galerie Abercron, Presse, WDR, 3. Programm, das Haus Dumont – was siehst du mich so an? Auch wenn ich keine Entdeckungen mache, bin ich informiert, das ist meine Stadt, bei Maria Farina kaufe ich Kölnisch Wasser, bei Stollwerk Marzipan, bei Eigel trinke ich Kaffee, bei Salzmann bestelle ich Kamelhaardecken, im Dom lasse ich mich segnen, wenn die Möbelmesse beginnt, findest du mich bei Frau Kwasný, da ist sie schon, und da ist dein Freund vom Französischen Institut –«
Er begrüßt uns, auch fast ein Freund der Familie, wie der Herr Pérou. Nein, er bedauert, der Herr Pérou sei verhindert, er beugt sich über meine Hand, er küßt mir die Hand, er hat schon Mama die Hand geküßt.
Er erkundigt sich: der Mann, die Kinder – und schon im Weitergehen: Erwarten wir zur Messe wieder etwas von Ihnen?«
Ach – was sage ich, auch ich habe dir nicht gesagt –
»Ja, drei spanische Wände und eine Polstergarnitur.«
Er sieht mich an, er lächelt, er nickt: »Charmant. Empfehlen Sie mich dem Herrn Gemahl.«
Du aber bist blaß, blaß wie mein Vater, wenn ich ihn belüge, nein,

ich belüge ihn nicht, ich sage ihm die Wahrheit: »Ja, ich war auf dem Speicher.« Ich sage dir: »Ja, ich schreibe Bücher.«
Du drehst dich um, du gehst, du holst deinen Mantel, ich verstehe, Liebster, ich wäre auch gegangen. Aber du hast mir auch nicht gesagt, daß du Bilder malst, du hast es mir ausdrücklich verschwiegen, ich hatte es nur vergessen, es ist nicht sehr wichtig, nur dann, wenn das Leben bereits gegangen ist, von mir fortgegangen ist. Die gnädige Frau fragt, warum der Doktor Bellut die Party so früh verlassen habe.
»Wie ist ein Herz glücklich, das einen so köstlichen Gegenstand lieben kann, der es nicht entehrt und dem anzuhängen ihm so heilsam ist« – Pascal schreibt an Gott.
Ich würde es auch gern tun. Ich bin auch gegangen, keine halbe Stunde nach dir. Ich sitze an meinem Schreibtisch mit Tinte und Papier. Ich versuche, dir zu schreiben. Ich weiß nicht, wo ich anfangen muß. Du hast mich nicht nach mir gefragt. Was auch? Es war nicht wichtig. Wo es dich nicht einmal kümmern mußte, daß ich Kinder habe und verheiratet bin.
Du hast mich angesehen, durch die Glastür, ich bin gekommen. Du hast gesagt, du wünschst dir, widerlegt zu werden – ein Geschenk – einen Augenblick hättest du geglaubt, daß ich im Begriff wäre, es dir zu schenken. Warum sollte ich es nicht versuchen, dir den Wunsch zu erfüllen, einfach so?
Es ging nicht leicht, nicht so leicht, wie ich dachte, eine Zeitlang gar nicht leicht. Ich habe sieben Monate gebraucht, um zu dir zu kommen. Ich hatte Angst, daß du nicht lächeln kannst. Man muß lächeln können bei einem Geschenk. Sonst wäre es nicht gegangen, wie du es dir gewünscht hast: die Augen zu und doch nicht gestorben sein.
Du hast gelächelt. Schon in Charleville. Es hat mich verwirrt. Ich wollte doch, daß du lächeln kannst. Dann nicht mehr verwirrt. Es würde gutgehen, jetzt konnte es nur noch gutgehen. Ich habe dich angerufen. Du kamst. Und die zweite Verwirrung. Schon fehlst du mir, schon vermißte ich dich, nichts anmerken lassen, es

weglächeln, du hast nichts gemerkt. Ich mußte mich nur erinnern: »Kannst du tanzen, du mußt es lernen, und einen Fiedelbogen halten in der einen Hand und einen Pinsel in der anderen Hand, und achtgeben auf die Mütze, sie darf dir nicht vom Kopf fallen.« Es war geglückt, schon geglückt. Und wenn wir uns getroffen haben, auf halbem Weg, nicht deine Stadt, nicht meine Stadt –: keine Geschichte, keine Erinnerung, nur du und ich.

Aber jetzt ist es meine Stadt. Deine Bilder haben mich überrascht. Deine Bilder sind schön. Ich war eifersüchtig auf dich und deine Bilder. Die gnädige Frau wußte es, ich nicht. Aber es ist meine Stadt. Wir kennen uns, sie und ich. Ich war längst in einem eigenen Leben, bevor du kamst. Ich hätte es dir erzählt, wenn du mich gefragt hättest. Aber du hast mich nicht gefragt, und ich habe nicht daran gedacht, dir zu erzählen.

Du hast deinen Mantel genommen, du bist gegangen. Nein, ich schreibe dir nicht, ich weiß nicht, was ich dir schreiben soll. Das kann nur ein Mißverständnis sein. Oder wärst du zu verstehen? Vielleicht – einen Augenblick hätte ich es fast selbst geglaubt. Ich muß es abwarten. Ich warte ab.

Und der Herr Pérou macht einen Besuch, zwei Tage nach dem Tag, an dem du die Party so früh verlassen hast. Der Herr Pérou sagt dies und das, ja, und der Doktor Bellut bleibt noch für einige Zeit bei seinem Freund beim Französischen Kulturinstitut zu Gast. Ja, es war dort auch für den Herrn Pérou eine schöne Zeit. Jetzt hat der Herr Pérou viel freie Zeit. Er setzt die kleinere Tochter auf sein Knie. Tante Ada hat es an den Beinen, immer noch, und Grüße von Mama, er war noch eben kurz bei ihr, es habe sich ergeben, sagt der Herr Pérou.

Nachts habe ich einen Traum. Alle sind da. Ganz oben, aber man sieht sie nicht, man weiß es nur, Gottvater, Gottsohn, Gott heiliger Geist. Darunter mein eigener Vater. Darunter und etwas abseits Großmama. Sie berät sich mit Tante Ada, ob man der Dreieinigkeit ein Omelett backen kann. Da kommt der Pastor und schüttelt den Kopf. Aber Fräulein Mathilde geht auf Tante Ada und Großmama zu, und sie beschließen, das Omelett einfach zu backen, zu dritt. Und der Herr Pérou lobt das Omelett. Fast wie Verlaine. Und Mama probiert ein kleines Stück und sagt, sie wisse es nicht genau, bei der Dreieinigkeit wisse man nie. Und Großmama sieht traurig aus. Da nehme ich das Omelett und gehe mit ihm durch die Ulmenallee und frage die Ulmen, aber sie wissen von nichts, da kommt ein Schlitten mit Onkel Eustache, ich steige zu, wir fahren. Auf den Dächern liegt Schnee, nein, es ist kein Schnee, es sind Wolken, dann hören auch die Wolken auf, die Milchstraße ist frei. Ich trage das Omelett durch die Milchstraße und gebe gut auf es acht, und als ich einmal zufällig nach oben sehe, ist die Dreieinigkeit immer noch höher als ich.

Da setze ich mich hin und bitte die Dreieinigkeit, zu mir zu kommen, Großmama, Tante Ada und Fräulein Mathilde hätten auch ihren Stolz und vor allem, sie hätten es gut gemeint. Da kommt die Dreieinigkeit und geht an mir vorbei, und ich wage es nicht, hinter ihr herzugehen.

Und als sie zurückkommt, sind hundert Milliarden Jahre vorbei, und das Omelett ist kalt. Die Dreieinigkeit sagt, das sei immer so: Wenn sie durch die Milchstraße ginge, seien hundert Milliarden Jahre vorbei. Nur für das Omelett sei es jetzt zu spät.

Der Schlitten kommt, er will mich zurückbringen, ich steige ein, ich steige noch einmal aus, ich küsse die Dreieinigkeit, zum Ersatz. Die Dreieinigkeit lächelt, ich lächle zurück, wie man lächelt zwischen Schöpfer und Geschöpf. Die Dreieinigkeit wendet sich zum Gehen. Ich auch. Ich werde wach.

Am nächsten Morgen schreibe ich dir einen Brief. Du möchtest kommen, ich hätte dir gerne erzählt.

Du aber bist ein irdischer Mann. Ich trage ein Kleid, es wölbt sich im Wind, und du sagst: ich sei schwanger. Du behauptest, du habest es gesehen.

Auf der Domplatte ist immer Wind. Kleider wölben sich leicht, wenn man über die Domplatte geht.

Wer Bücher schreibt, kann auch schwanger werden, da ist nichts

mehr gewiß.
Gewiß, aber ich könnte dir beweisen, aber du erlaubst mir nicht, dich zu sehen.
Ich gehe mit einem Geigenkasten durch die Dagobertstraße, abends um halb zehn. Was will ich mit einem Geigenkasten in der Dagobertstraße, abends um halb zehn? In der Dagobertstraße 38 steht die Staatliche Hochschule für Musik. Ich gehe mit meinen Töchtern bei Nebel durch die Stadt. Du schreibst, du habest es gesehen. Das Maß ist voll, ich kann es nicht ändern, Liebster, seit drei Wochen bist du in meiner Stadt und schreibst mir, aber hörst mir nicht zu. Du schreibst, du habest mich gesehen. Wie kommt es, daß du mich siehst, und ich sehe dich nicht? Ich gehe nicht oft bis in die Stadt, noch seltener, seit du in ihr wohnst.
Du schreibst mir, du wissest Bescheid. Was?
Ich bitte dich: »Besuch mich bei mir zu Haus.«
Du schreibst, du kennest das Haus. Du habest einen Meter von ihm entfernt gestanden.
Ach – woher kommt der Zorn? Ich habe auch vor deinem Haus gestanden. Aber du warst nicht da. Du warst noch in Charleville. Ich wußte, daß du nicht da warst. Ich wollte es mir nur vorstellen können, wo du lebst.
Aber ich rufe dich an. Ich bitte dich, zu mir zu kommen, nur ein paar Stunden, dann überzeugtest du dich selbst. Eine halbe Stunde über die Autobahn. Was sage ich, du weißt ja Bescheid. Du sagst, du werdest kommen, gegen Abend, oder früher, du wissest es noch nicht genau.
»Weiß dein Mann?«
»Natürlich weiß mein Mann. Und außerdem – ab und zu kommt Besuch.«
Ab und zu kommt Besuch. Aber anderer. Ich habe Angst.
Ich stehe am Fenster. Du steigst aus dem Wagen. Du gehst am Stock. Seit wann gehst du am Stock? Ich trete vom Fenster zurück. Mein Mann öffnet die Tür. Ich habe ihm nichts gesagt. Er nimmt dir den Mantel ab, den Stock, ich nehme es wenigstens an. Ich

nehme an, der nimmt an, daß du es bist. Seit einiger Zeit schreibst du mir. Er weiß es. Aber er fragt nicht. Es ist nicht seine Art. Er weiß, daß ich dich liebe oder zu lieben versuche. Er macht die Tür zu meinem Zimmer auf. Er schließt sie hinter dir. Er geht die Treppe hinauf. Das Zimmer hat Balken. Das Zimmer ist warm.
»Soll ich dir einen Tee machen?«
Du willst keinen Tee. Du willst auch keinen Wein. Du mußt ja zurückfahren.
Die Töchter schlafen, oben im Haus. Es ist nach neun. Du stehst mit dem Rücken gegen den Schrank. Du siehst mich nicht an.
»Sieh mal, wie schwanger ich bin, Doktor Bellut, ich kann es kaum verantworten, den schweren Geigenkasten zu tragen, und zu viel Marzipan ist für das Kind nicht gut.«
Du lächelst, du setzt dich: »Aber du schreibst? Und was schreibst du, wenn man fragen darf?«
»Im Augenblick schreibe ich nicht.«
»Im Augenblick?«
»Seit fast einem Jahr.«
»So. Seit fast einem Jahr.«
»Hör mir zu. Ich habe es dir zu erklären versucht. Wenn es Abend wird, legt man den Tag zu den anderen. Sind die Fenster dicht? Sind die Türen geschlossen? Hat kein Kind sich freigelegt? Hat die Seele noch einen Wunsch? Dann schreibt sie ihn auf, bis morgen, morgen ist wieder ein Tag. Hat man Tinte und Papier, ist alles gut. Dann kommt alles zurück. Die Wirklichkeit ist schneller als die Erfindung. Warum soll ich nicht aufschreiben, wie Wirklichkeit ist, wie Wirklichkeit mich in den Arm nimmt und den Arm wieder zurückzieht, schneller als ich es aufschreiben kann? Warum soll ich nicht festhalten, mit Papier und Tinte, was mich im Arm nicht festhält, was ich im Arm nicht festhalten kann?
»Ich verstehe.«
Du stehst auf, du gibst mir die Hand.
»Im Oktober werde ich auf der Messe sein, ich bin sehr gespannt.«
»Aber ich verstehe nicht.«

»Heute ist es der Galan, morgen ein anderer. Die Wirklichkeit ist schneller als die Erfindung. Und wenn der eine gegangen ist, steht der andere vor der Tür.«

»Es hat sieben Monate gedauert, bis ich zu dir gekommen bin.«

»Vielleicht, weil du vorher anderswo vorbei mußtest – hier und da.«

»Nur ein einziges Mal.«

Ach – jetzt ist es zu spät.

»Interessant. Willst du mir zeigen, wo mein Mantel ist.«

Du gehst zur Tür.

Ich zeige dir, wo dein Mantel ist. Ich helfe dir nicht hinein.

Du stehst im Türrahmen: »Übrigens hätte ich dich im Arm festgehalten, aber du wolltest ja noch vor dem Frühstück zurück.«

Ich stehe am Fenster. Du steigst in den Wagen. Ich hätte besser getan, dir zu sagen, ja, ich bin schwanger von Herrn X, und mit Herrn Y spiele ich Geige, und das Marzipan besorgt mir Herr Z. Frauen müssen sich hüten, die Wahrheit zu sagen. Nur die Wahrheit ist nicht zu verstehen. Aber du hast mich auf eine Idee gebracht, die einzige, die dich veranlassen kann, zurückzufahren und mich nicht ernster zu nehmen als anderes in deinem Leben bisher.

Ich habe dich nicht widerlegen können. Kein Geschenk. Aber du bist selber schuld. Du hast angefangen nach mir zu fragen. Du wolltest doch nicht fragen, nur die Augen zu – ›und doch nicht gestorben sein‹.

VII

Du glaubst mir nicht, wenn ich die Wahrheit sage. Du glaubst mir nur, wenn ich dich belüge. Ich muß dich belügen. Dann fährst du zurück. Dann bist du im Recht: So hast du es dir gedacht. Weibliche Unvernunft. Nun ja, einen Augenblick galt sie dir.
Ich stehe vor dem Spiegel. Schulterfrei ist immer gut. Aber ein Cape darüber. Schuhe mit hohen Absätzen. Und ein Taschentuch. Taschentuch ist auch immer gut. Kurz vor Mitternacht schelle ich bei Herrn Lacant.
Herr Lacant freut sich über meinen Besuch.
»Aber ich bitte Sie, wir sind ja noch wach, kommen Sie doch.«
»Nein, es tut mir leid, ich kann nicht bleiben, ich habe mich schon verspätet, aber wären Sie so freundlich, für Herrn Bellut, ich höre, er fährt in den nächsten Tagen nach Paris zurück, ein paar Zeilen – ich dachte, er schläft bereits, und ich bin in Eile –«
Er wird sie dir sogleich übermitteln.
»Und grüßen Sie ihn, ich danke Ihnen, Herr Lacant.«
Draußen, auf der Straßenseite gegenüber, unter der Laterne wartet ein Mann. Er ist nicht zu übersehen. Es ist nicht schwer, einen Mann zu finden, der sich gefälligkeitshalber um Mitternacht gut sichtbar unter eine Laterne stellt. Auch nicht, ihn zu bitten, mich noch ein Stück gut sichtbar zu begleiten.
Unterdessen stellt er sich vor: Jurastudent im letzten Semester. Seine Verlobte wohnt noch in Heidelberg. Er will da nichts beschleunigen. Er würde es ungern bereuen. Er denkt da wie sein alter Herr – er sagt alter Herr – wenngleich, ich möchte ihn nicht mißverstehen, man muß auch einmal etwas Unkonventionelles tun können, zumal wenn man von einer Frau darum gebeten wird. Frauen – er weiß nicht, ob er sich da richtig ausdrücke, haben so etwas, mit einem Wort, er möchte sagen, sind von Natur aus unkonventionell, aber das kann – besonders wenn es sich um

eine Ausnahme handelt –
»Ich danke ihnen. Sie haben mich ganz verstanden. Und jetzt möchte ich Sie nicht weiter behelligen.«
Er empfindet es nicht als Behelligung, ganz und gar nicht, da müßte er sich falsch ausgedrückt –
Der Kapuzenumhang hat keine Knöpfe, er ist nicht für Knöpfe gemacht. Es ist zwecklos, ich kann nicht einmal die Hand auf seinen Arm legen und ihn bitten zu gehen, das gibt es also auch. Wenn er nicht geht, rufe ich alle Erzengel um Hilfe, aber er geht schon – ich danke dem alten Herrn, er hat ihn in Furcht und Zittern erzogen. Furcht und Zittern ist gut.
Ich bin allein. Jetzt hast du meinen Brief. Er sagt dir, du habest recht. Ich hätte es dir nur verborgen, auch meinem Mann. Ich bäte dich, ihm nichts mitzuteilen, die Situation wäre kompliziert genug. Die Schwangerschaft allein brauchte noch nichts zu bedeuten, aber ich wäre in Sorge, man könnte mich gesehen haben. Ich bäte dich abzureisen.
Nun ja, da hast du mir geschrieben, nicht gleich, doch, am nächsten Tag – ja, du verziehest und du reistest ab. Es überraschte dich nicht. Du habest es dir gedacht. Ich brauche nicht besorgt zu sein. Ihr habet nichts gesehen. Du seist allerdings besorgt, und wenn ich Hilfe brauche –
Ach, Liebster, Hilfe brauchte ich schon. Warum bist du nichts als ein Mann? Du hast es dir nicht anders gedacht. Eine Frau ist eine Frau. Eine Frau hat Galane. In allen Ehen das gleiche. Aber es hätte dich auch überrascht, wenn es anders gewesen wäre.
Ich kann es nicht ändern. Du glaubst mir nicht. Du glaubst mir nur, wenn ich dich belüge. Alles spricht gegen mich: Schon vor dem Frühstück verlasse ich dich und schreibe Bücher und sage es dir nicht und brauche sieben Monate, weil ich Umwege gehe und gestehe es dir auch noch und bitte dich, Hélène einen Ehebruch zu verzeihen, jetzt die Schwangerschaft, ein Galan.
Ich kann es nicht ändern. Du mißtraust mir. Du hörst mir nicht zu, wenn ich dir sage, daß du dich täuschst. Du bildest dir ein Urteil,

es bestätigt dich, du hast es nicht anders erwartet.

Wir müssen abwarten, einander Zeit lassen, du mußt zurückfahren, du hast deine Praxis, du hast dein Haus, du hast 60 die Magnolie, du hast Voltaire. Und an irgendeinem Morgen – wenn du früh das Fenster aufmachst und wenn du lächeln kannst, wieder lächeln kannst – komme ich zu dir herauf.

Du bist abgereist. Ich stehe zwischen deinen Bildern – eine Dotterblume, eine Zellteilung, eine Frau ohne Kopf.

Frau van Brink nimmt mir das Glas aus der Hand, weist auf eine Sesselecke. Sie hat Ringe an jedem Finger und am kleinsten zwei.

»Ich habe es kommen sehen, glauben Sie mir, das gibt sich. Wir werden etwas finden, das kann nur ein Mißverständnis sein.«

»Ich habe mich ihm hingegeben.«

»Pst. Sie lieben ihn doch auch. Es trifft immer nur uns, aber wissen Sie, was ich denke, wir haben es auch in der Hand. Wir sind das stärkere Geschlecht.«

Ist das die gnädige Frau? Außer daß ich ihren Schmuck nicht abschätzen kann, trennt uns nichts. Doch, das stärkere Geschlecht. Frau van Brink hat keine Kinder. Was weiß ich – vielleicht mehr als ich. Alles, was sie fördert, sind ihre Kinder, selbst der Doktor Bellut – »nach diesem Unglück, und wo er sich wieder so gefangen hat, ich hielt es für richtig, die Ausstellung zu machen, ich bin auch schon in Verhandlung mit –«

Nach diesem Unglück? Sie hat Unglück gesagt. Ob ich sie fragen soll. Ich muß sie fragen. Ich frage sie: »Seine Frau? Sie meinen seine Frau?«

Sie schüttelt den Kopf.

»Nein, lassen Sie, nicht seine Frau, aber erzählen Sie mir.«

Ich erzähle, sie hört mir zu, es dunkelt.

Frau van Brink wird mir eine Freundin sein. Warum auch nicht? Vielleicht hätte sie mit der Augenbraue gezuckt, wenn ich sie um einen Ring von ihrem kleinen Finger gebeten hätte – vielleicht auch nicht, unter Umständen kann man einer Freundin auch einen Brillantring vom kleinen Finger schenken, aber ich habe ihr ja

nur erzählt.
Und nach zwei Stunden –: »Lassen Sie, bleiben Sie schwanger, das ist vielleicht das Beste. Er ist zurückgefahren, er fängt sich, warten Sie es ab.«
Du bist zurückgefahren. Du hast deine Praxis. Du hast Voltaire. Wenn du Grippe hast, legst du den Kopf auf Voltaire oder ein anderes Buch.

VIII

Frankfurt. Buchmesse. Das Café Bonaparte. Du hast mir geschrieben, in Abständen. Ich habe dir geantwortet: Alles ist gut, auch mit der Schwangerschaft, ich hätte es mir schwieriger gedacht. Du schreibst, du seist auf der Messe, du möchtest mich sehen.
Ich schreibe dir: Ja, ich bin da, aber nicht allein. Ich habe Freunde in Frankfurt, die sehe ich nur, wenn ich in Frankfurt bin. Auch Nicole sehe ich jetzt fast nur noch, wenn ich in Frankfurt bin. Aber wir können uns sehen. Das Café Bonaparte.
Im Café Bonaparte bin ich nicht allein. Ich habe es dir gesagt. Ich weiß nicht, ob du schon lächeln kannst, wieder lächeln kannst. Als du kommst, ist es schon nach zehn. Du findest unseren Tisch. Du lächelst nicht. Weit entfernt. Du rückst einen Stuhl an unseren Tisch. Du setzt dich, du sagst, du warst im Bordell.
Ach – das glaube ich dir nicht. Doch, wie du willst. Meine Freunde wundern sich. Sie haben auf der Gegenbuchmesse ausgestellt. Sie leben alternativ – sagen sie. Im übrigen leben sie so ähnlich wie alle anderen auch.
»Sie meinen den offiziellen Kunstbetrieb?« – fragt Daniel. Daniel ist Nicoles Mann. Daniel ist Architekt. Er hat eine Schafwollweste an. Du stellst den Stock neben dich: »Den meine ich, jawohl.«
Nicole legt den Arm um meine Schulter: »Trink aus, wir gehen.«
Du siehst uns an. Ich habe ein weites Kleid an. Es könnte ebensogut ein Umstandskleid sein.
»Meine Freundin Nicole.«
»Angenehm. Bellut.«
»Ich möchte noch einen Gin.«
Nicole bestellt noch einen Gin. Nicole fährt mit der Hand durch mein Haar.
»Ich habe mich so auf dich gefreut – kennst du ihn?«
»Ich mich auch auf dich, Nicole, ja, ich kenne ihn.«

Du faßt nach deinem Stock, du stehst auf: »Wünsche nicht zu stören, alles klar, voilà.«

Alles klar wie Wasser, alles klar wie Whisky pur, alles klar wie Blut, das in die Schläfen springt.

»Du hast kein Recht, so zu gehen. Nicole und ich, wir kennen uns schon immer, nein, aber lange, du hast mich nicht gefragt. Du hast mich nichts gefragt.«

Daniel vermittelt. Er schlägt vor, daß wir alle zusammen zu ihnen gehen.

»Nein, Nicole, laß, ich gehe mit ihm. Er muß müde sein. Ich bin schuld.«

Nicoles Augen sind grün, sie mustern dich, sie begreifen nicht.

Du gehst schon, ich gehe dir nach, Richtung Römerberg ist es kalt.

»Was macht die Schwangerschaft?«

»Oh, alles gut, sehr gut.«

»Und dein Mann?«

»Auch mein Mann, alles gut.«

»Das freut mich, ich hatte mir Sorgen gemacht.«

»Und wie ging es dir – im Bordell?«

»Nicht anders – alles gut.«

»Und Voltaire?«

»Ausgezeichnet. So gut wie lange nicht. Gute Nacht, ich möchte schlafen.«

»Gute Nacht.«

Du gehst, du bleibst stehen, du kommst zurück: »Hast du ein Hotel?«

»Nein, ich habe kein Hotel.«

»Und wo bist du, wenn man fragen darf?«

»Ich weiß noch nicht, wo ich bin.«

»Ich habe dir gesagt – wenn du Hilfe brauchst –.«

»Möchtest du, daß wir zusammen schlafen?«

Du drehst dich um. Ach, Liebster, wie du willst, ich werde dir sagen, daß ich deine Hilfe brauche.

»Ja, ich brauche, ich glaube, Hilfe.«

Du hast in der Nähe geparkt. Du hast ein Hotel. Aber dahin kannst du mich nicht mitnehmen. Es wäre auch nur ein Einzelzimmer. Ich habe nicht einmal ein Einzelzimmer. Ich hätte bei Nicole gewohnt. Es ist Buchmesse. In Frankfurt sind alle Zimmer besetzt. Du fährst – und die Augen zu und doch nicht gestorben sein. Ich hatte es mir anders gedacht.
Du siehst mich an, besorgt.
»Also, was ist?«
So geht es nicht. Ich kann dich nicht länger in die Irre fuhren. Ich glaube auch nicht, daß es noch nötig ist.
»Ich bin nicht schwanger!«
»Ach.«
Du fährst.
»Und was ist mit dem Herrn Galan?«
»Ich habe ihn gebeten, sich unter die Laterne zu stellen, so daß das Licht auf ihn fällt.«
»So. Und warum?«
»Ich wollte, daß du zurückfährst. Du hast mir nicht geglaubt.«
»Was nicht geglaubt?«
»Es gibt keine Schwangerschaft. Es gibt keinen Galan.«
»Nein, ich habe dir nicht geglaubt.«
Keine Schwangerschaft. Nur ein weites Kleid.
Und jetzt küsse ich dich.
Du lächelst. Du setzt dich zurück.
»Aber du schreibst?«
»Ich atme aus, ich atme ein, ich bin zusammen, ich bin allein, ich halte etwas im Arm, es lebt mit mir, lebt mit sich, lebt in der Welt, atmet aus und ein.«
In der Nacht hast du geträumt. Wir haben ein Dorf gefunden, ein Zimmer in einem Dorf. Du schläfst. Nein, du träumst. Du sprichst im Traum:
»Der See – er ist ganz vermoost, schneid das Schilf ab, wenn es nur keine Wasserrosen sind, immer der Kahn mit den Rissen, laß es sein, setz dich auf die andere Seite, wir müssen abwarten, bis

es hell wird –«

Nein, es ist noch nicht hell. Im Oktober wird es so früh nicht hell. Was strengt dich so an? Was strengt dich so an, wenn du wach bist, was strengt dich so an, wenn du träumst? Du bewegst dich, du öffnest die Hand, du setzt dich auf, du machst Licht.

»Ich war im Bordell.«

»Ach. Gestern abend – bevor du kamst –?«

»Ja, bevor ich kam.«

Du sitzt aufrecht, mit dem Rücken zur Bettkante. Ich liege. Durch das Haar hindurch muß ich dich nicht sehen.

Das ist sehr unvernünftig, Doktor Bellut, unvernünftig für dein Herz. Du hast es doch nur getan, um dir zu beweisen, daß du im Recht bist, daß alles käuflich ist. Das ist es nicht. Was weißt du, wenn sie dich zufällig geliebt hat? Du hättest ihr nicht geglaubt.

»Wie sah sie aus?«

»Wer?«

»Sie.«

»Ich weiß es nicht. Der Tag war zu lang. Komm.«

»Wohin?«

»Zu mir.«

»Wohin zu dir? Ich kann nicht, jetzt ist die Nacht zu kurz, ich kann dir nicht, so schnell wie ich müßte, verzeihen.«

»Ich verstehe, das kannst du nicht, wir verabreden uns, und ich gehe ins Bordell.«

»Was heißt Bordell? Ich bin eifersüchtig.«

»Ach, was du nicht sagst.«

»Doch, ich bin es, laß mich, nein, nicht bis es hell ist, aber nicht jetzt, doch, komm, wir müssen einschlafen, bevor die ersten Vögel kommen, müssen wir eingeschlafen sein.«

Du schläfst. Du öffnest und schließt die Hand. Laß den Stock, Liebster, wir haben einen Schlitten, du mußt nie mehr zu Fuß über das Messegelände gehen. Es ist ein Schneegestöber über Frankfurt, Zürich, Moskau, Paris, New York, Schanghai. Wir fahren allen Messen davon. Kannst du tanzen, wenn wir oben ankommen, mußt du es lernen. Laß die Flocken, du wirst dich nicht erkälten, im Himmel gibt es Tee.

»Was du nicht sagst. Ich hoffe doch, wir werden noch hier frühstücken können.«

Ach, es ist hell. Ich muß geträumt haben, ich auch. Wir liegen in einem einzelnen Hotelbett, auch wenn es breit genug ist für zwei. Es ist Buchmesse. Alle Hotels in Frankfurt und um Frankfurt sind besetzt.

IX

Seit November schreibst du mir Liebesbriefe. Ich weiß nicht, wie ich es sonst nennen soll. Du glaubst mir. Was glaubst du mir? Daß die Bäume ihre Blätter verlieren? Daß ich mich vor Chrysanthemen fürchte? Daß mein Herz zu schlagen vergißt, wenn es einen Brief von dir in der Hand hält? Mein Herz kann das, gleichzeitig aufhören zu schlagen und einen Brief in der Hand halten. Mein Herz kann noch viel mehr, aber es ist befangen, seit du ihm Liebesbriefe schreibst.

Ich stehe vor dem Spiegel. Ich betrachte meine Brustspitzen. Sie sind erfroren, sie sind ganz aus Eis. Ich will nicht, daß du mir Liebesbriefe schreibst. Dann kann ich nicht mehr unterscheiden, ob dein Stock auf der Straße klopft oder dein Herz.

Wir waren drei Tage in dem kleinen Dorf. Du hast mir nicht erzählt, nicht einmal mehr laut geträumt. Ich habe dich gebeten, mir zu erzählen: Erzähl von Hélène, erzähl von Catherine, Julienne. Du schüttelst den Kopf: Nicht fragen. Vergessen. Du hast es mir doch gesagt.

»Weißt du, daß ich auf deine Bilder eifersüchtig war –?«

Du lächelst, aber nur kurz. Du hättest sie nach Paris zurückkommen lassen.

»Aber sie hatte eine Galerie für deine Bilder.«

Ja, du weißt, aber du stellst nicht öffentlich aus.

»Warum?«

»Es ist nicht jedermanns Sache, öffentlich zu sein.«

»Deine Bilder sind schön.«

Du nickst, es könnte sein, aber du wirst sie vernichten.

»Nein, das werde ich verhindern.«

»Das wirst du nicht verhindern.«

»Dann verschenk sie, einzeln, dann erinnern sie immer noch einzelne andere an einen Schmerz, den sie sich sonst nicht zutrauen

zu haben, oder an ein Glück.«
Du weist es zurück, kein Glück, und Schmerz stellt man nicht aus.
»Nein. Aber man sieht ihn doch nicht mehr. Man erinnert sich nur, er könnte der Anlaß gewesen sein.«
Du schüttelst den Kopf. Du willst nicht reden. Laß. Nur so, die Augen zu.
Den Kopf zwischen den Brüsten, Kopf im Schoß. Seit November schreibst du mir Liebesbriefe. Sie halten mich fest. Sie schreiben mich um. Nur noch Brüste und Schoß. Ich weiß nicht mehr, wie man atmet. Ich kann nicht mehr so freiwillig sein, wie ich will.
Ich schreibe dir: »Ich bitte dich, schreib mir keine solchen Briefe mehr.«
Du antwortest nicht, du kommst. Dezember. Wir gehen durch die Hohe Straße. Ich mache Weihnachtseinkäufe. Du trägst einen Hut. Du bist fremd, und ich kann es nicht ändern.
»Hast du meinen Brief nicht bekommen?«
»Doch, ich habe deinen Brief bekommen.«
Du knöpfst den Mantel auf, du ziehst einen Lederhandschuh aus der Rocktasche, du hältst den Lederhandschuh in der behandschuhten Hand.
»Ich muß noch zu Feldhaus, Spielsachen für die Kinder.«
»Ich komme mit.«
»Wenn du bei Eigel auf mich warten würdest, ich bin gleich zurück.«
»Wie du willst. Ich bin im Mondial. Ich werde dort auf dich warten.«
»Ins Mondial komme ich nicht.«
Du siehst mich an.
»Gut, ich komme, unten in der Terrasse.«
»Wie du willst.«
Du gehst, ich sehe dir nicht nach. Ich gehe durch die Hohe Straße, ich biege in die Schildergasse ein. Ich kaufe Spielsachen. Ich trinke einen Campari. Es ist ein klarer Wintertag. Noch ist Zeit. Ich brauche sie.
Ich sehe in eine Boutique. Die Verkäuferin hat Brüste wie von Rubens, ich nicht, du siehst ja nicht einmal hin. Das Haar fällt ihr

nicht ins Gesicht. So langsam habe ich mich noch nie bewegt. Ob es an der Seidenhose liegt? Wenn sie morgen früh unter der Magnolie stünde, würdest du schwören, wir hätten März.
Ich gehe in die Boutique hinein, ich probiere ein Kleid an, ich rufe sie in die Kabine: »Helfen Sie mir? Der Reißverschluß.«
Sie kommt. Ich frage sie: »Hätten Sie Zeit? Auf der Terrasse im Mondial. Sie erkennen ihn an einem Stock. Aber er braucht ihn nicht.«
»Und dann?«
»Dann setzen Sie sich ihm gegenüber und trinken Grapefruit gekühlt.«
Sie steht hinter mir. Der Spiegel spiegelt uns beide. Ich habe einen unüberlegten Vorschlag gemacht. Was weiß ich – ich kann nicht kommen. Aber es muß jemand kommen. Eine Frau. Es muß eine Frau sein, die kommt. Ich erkläre es ihr.
Sie lacht, sie ist neugierig, ein bißchen, da müsse doch etwas ganz falschgelaufen sein. Ja, aber ich weiß noch nicht, was es ist. Sie geht – nach einer halben Stunde – Mantel, Strickmütze, Handtasche, unüberzeugt, aber nicht ganz. Ich bleibe mit der anderen Verkäuferin in der Boutique zurück.
Und was, wenn er gar keine Rubensbrüste will? Wenn er Rubensbrüsten ratlos gegenübersitzt? Nein, er unterscheidet nicht mehr, seit November unterscheidet er nicht mehr, nur noch Brüste und Schoß. Er würde es auch nicht merken, wenn eine andere Magnolie vor seinem Fenster blüht.
Eine Stunde später kommt sie zurück. Sie ist böse. Ich bin schuld. Aber ich kann wieder atmen. Ich bitte sie, es zu vergessen. Es ist gut. Schon gut. Aber sie rät mir, sofort zu dir zu gehen. Sie setzt die Strickmütze ab, sie zieht den Mantel aus, sie ist schön. Ich hätte sie gern gefragt, aber ich frage sie nicht. Ich muß dich selber fragen.
Nein, nicht zum Pobliciusgrabmal, nicht zum Dionysosmosaik, nicht ins Zeughaus, nicht ins Overstolzenhaus, nicht ins Praetorium, nicht zum Römerturm, nicht nach Sankt Kolumba, nicht nach Sankt Alban. Es ist meine Stadt. Heute nicht. Du schreibst mir

Briefe, die mich umschreiben. Ich bin es nicht. Du wartest auf mich. Ich werde kommen, ich bin es nicht. Ich hatte dich um etwas gebeten. Du hast mir nicht geantwortet. Du bist gekommen. Du erwartest mich.

Ich gehe über den Domplatz. Der Himmel hat sich bewölkt. Ich sehe mich im Spiegel. Unbestimmbares Wintergesicht.

Du sitzt an einem Tisch, allein.

»War sie nicht da?«

»Doch, sie war da.«

»Und?«

»Ich habe ihr gesagt, ich erwarte dich zurück.«

»Ach.«

»Wundert dich das?«

»Ja. Nein. Ich weiß es nicht.«

»Warum?«

»Seit einem Monat schreibst du mir Liebesbriefe, ich weiß nicht mehr, wie du lebst, ich weiß nicht mehr, wie es dir geht.«

»Es gibt Dinge, die braucht eine Frau nicht zu wissen, nicht so zu wissen, wie du meinst.«

»Ich werde dir nicht mehr schreiben. Ich werde nicht mehr kommen. Ich kann nicht mehr kommen. Deine Briefe nehmen mich mir aus der Hand. Ich muß abwarten, was du mir zudenkst. Was denkst du mir zu?«

»Ich habe dir zugedacht, die beste aller Geliebten zu sein.«

Ach. Die beste aller Geliebten.

»Weißt du nicht: Geliebte müssen ruhig sein? Ich bin es nicht. Doch, manchmal. Über dem Bootsrand, auf der Sessellehne. Aber ich wage es nicht mehr, auf der Sessellehne zu sitzen und dir zu sagen: Halt mich fest.«

»Ich verstehe, du ziehst es vor, es bei einem Verhältnis zu belassen.«

»Es war nicht einen Herzschlag lang ein Verhältnis.«

»So. Nicht einen Herzschlag lang. Was dann?«

»In Verhältnissen findet jeder seinen Platz.«

»Und du hast deinen Platz nicht in ihm gefunden?«

»Nein. Aber wir könnten immer noch hundertmal um die Place Ducale fahren, bis es hell wird. Wir könnten uns zwischen deine Bilder stellen, zwei Gänge lang.«

Du beugst dich vor, du legst die Hand auf meinen Arm, auf meine Schulter. Laß deine Hand. Nimm sie von meiner Schulter fort, ich kann dir sonst nicht folgen, wenn du gehst.

»Und warum hast du sie zu mir geschickt?«

»Ich habe sie gebeten, zu dir zu kommen, weil sie Rubensbrüste hat.«

Du stehst auf, gleichzeitig erreichen wir den Ausgang.

Du nimmst den Aufzug. Ich stehe in der Halle, Plastiktüten mit Spielsachen in der Hand.

Im ganzen Haus kein Wind. So windig wie oben auf dem Speicher. Aus den Dachluken oben auf dem Speicher sieht man die ganze Stadt.

Ich bin ein Mädchen, ich muß eine Frau werden, du stellst die Schöpfungsordnung auf den Kopf. Ich lese Ignatius von Loyola, Calderón de la Barca, Theresa von Avila, Johannes vom Kreuz. Wozu habe ich Brüste und Schoß? Maria, ich bitte, bitte du für mich, auch wenn du nur eine Jungfrau bist. Ich habe nicht einmal ein Kind. Er will es nicht. Ich darf nicht tanzen gehn. Aber wenn alles im Haus schläft, gehe ich auf den Speicher und tanze für mich allein. Verrat mir das Geheimnis von der unbefleckten Empfängnis, und wenn es damit zu schwierig hier unten wird, auch das von deiner Himmelfahrt.

Hörst du, er kommt, mit der Kerze in der Hand. Blas sie ihm aus. Dann ist es endlich dunkel, dann schläft das ganze Haus. Er schläft nicht mehr, er kann nicht mehr schlafen, er weiß nicht mehr, wie man das macht. Nein, blas sie nicht aus, die Speichertreppe ist steil. Er kann noch nicht oben sein. Er verliert seinen Stock. Nein, er braucht keinen Stock. Er ist gewohnt, aufrecht zu gehen. Durch die ganze Allee. Bis zum Teich. Du mußt mir helfen, ich will nicht, daß er beim Teich im Schneegestöber steht.

Ich stehe in der Halle. Ich sehe nach draußen. Draußen hat es angefangen zu schneien. Ich muß gehn.

Du kommst – du stehst auf dem untersten Treppenabsatz, du gehst an mir vorbei, du drehst dich um, du siehst mich, du bleibst stehen. Bring uns hier fort, Liebster, wir brauchen nur ein Schiff, wir fahren – an Köln vorbei, an Neuss vorbei, an Moers vorbei, an Wesel vorbei, an Xanten vorbei, an Kleve vorbei, den ganzen Niederrhein entlang, bis er sich teilt, dann fahren wir aufs Meer.

Willst du ein Hochseeschiff? Oder wir bleiben in der Marsch, der Himmel ist da sehr hoch.

Nein, nicht die Marsch, die hilft uns nicht. Wir fahren nach Antwerpen. Wir besuchen die Galerien. Ich werde es lernen, Rubensbrüste zu haben. Wo er doch in Antwerpen begraben ist.

Nein, ich muß nicht nach Antwerpen fahren, um mir Rubensbrüste anzusehen. Brüste habe ich auch. Kleinere Brüste. Wozu brauchst du meine Brust, Liebster, ich hätte es wenigstens gerne gewußt. Aus der offenen Stadt kommt Wind. Du lächelst. Ich auch. Ich nicht. Wir gehen die Treppe zurück.

Der Mantel. Der Reißverschluß. Das neue Kleid. Du stehst hinter mir. Im Spiegel. Du öffnest den Reißverschluß. Ich bin es. Ich bin es nicht. Du gehst zur Tür, du gehst zum Fenster, du schließt die Tür, du schließt das Fenster. Du raubst uns den Wind.

Du kommst. Ich bin es nicht. Der Teppich und ich sind eins.

»Willst du nicht aufstehen?«

»Wozu? Du kannst es ebensogut auf dem Teppich tun.«

Du tust es. Was ich nicht kann, kann meine Seele, sie lächelt, auch jetzt.

Aber das merkst du nicht. Du schläfst.

Von der Straße her ist es hell. Morgen früh, nein früher, bist du allein. Du schreibst mir Briefe. Ich lese sie nicht. Doch, ich lese sie, mit klopfendem Herz. Ich liebe dich, aber du weißt es nicht. Ich habe Angst. Eine Dotterblume. Eine Zellteilung. Eine Frau ohne Kopf. Frau van Brink wird nichts für dich tun. Du willst es nicht, aber was weißt du selbst. Sei nicht so dumm. Du brauchst keine Frau. Du brauchst dich selbst. Du schläfst. Ich sehe dir zu. Der

Palast ist verschlossen. Wie käme ich hinein. Er baute die Mauer um Uruk. Späher standen Tag und Nacht auf der Wache. Aber der Tod fand ihn doch: Gilgamesch legte sich nieder zu schlafen, und ihn packte der Tod in der schimmernden Halle seines Palastes.
Nein, du sagst, es schreckt dich nicht. Und wenn ich es dir nicht glaube? Warum malst du und willst es vernichten? Und sprichst laut im Traum?
Und wenn ich dich frage, sagst du mir nichts. Du schreibst mir Briefe, die mir nichts über dich sagen. Du hast mir zugedacht, die beste aller Geliebten zu sein. Die beste aller Geliebten ist ruhig, fragt nicht, ist fraglos für dich da. Du willst über ihr vergessen. Nein, nicht vergessen, ich will dich erinnern, du mußt mir sagen, was du vergessen willst, dann kann ich dich besser erinnern. Dann erinnern wir es zusammen.
Ich muß dich wecken, ich muß mit dir reden. Bevor ich gehe, bevor ich gegangen bin. Was helfen dir Brüste, Rubensbrüste oder kleinere Brüste. Sie sind nur ein Aufschub, wie sie für mich ein Aufschub war. Ich hätte nicht kommen können. Da noch nicht. Ich habe dir gezürnt.
Ich wecke dich, ich sage dir, daß ich mit dir reden will. Ich werde gehen, wenn du mir nicht sagst, was dir fehlt.
Du siehst mich an. Du stehst auf. Du gehst ans Fenster.
»Sie hat sich drei Stockwerke tief aus dem Fenster gestürzt.«
»Julienne?«
»Julienne.«
»In Etretat?«
»Nein, nicht in Etretat, in Paris, wieder in Paris.«
»Du hast sie nicht geliebt?«
»Doch, ich habe sie geliebt. Ich war mit Catherine in Etretat. Sie hat uns gesehen – morgens – mittags – ich weiß es nicht, sie kannte Catherine ja nicht –«
»Und dann?«
»Und dann.«
Geliebte müssen ruhig sein, Geliebte dürfen sich nicht aus dem

Fenster stürzen.
»Und deshalb hast du mich auf den Nabel geküßt?«
»Deshalb habe ich dich auf den Nabel geküßt. Vielleicht.«
»Damit ich sie dir ersetze?«
»Damit du sie mir zurückgibst.«
»Gib mir mein Kleid.«
Du gibst mir mein Kleid.
»Mach mir den Reißverschluß zu.«
Du machst mir den Reißverschluß zu. Der Kapuzenmantel, die Tüten mit den Spielsachen, die Tür. Aus der offenen Stadt kommt Wind. Ich gehe in meine Stadt.

X

»Wer zweifelt daran, daß wir nur zum Lieben in der Welt sind«
– sagt Pascal.
Ich zweifle, ich bin eifersüchtig, ich bin zornig, es schneit.
Ich bin zu dir gekommen, weil du es erwartet hast, nicht nur erwartet, gewünscht. Es bedeutet, daß ich die Ehe brechen muß. Und wenn ich es dir vorwerfen müßte, irgendwann – ich muß mir einen finden, dem ich es nicht vorwerfen muß, weil es nicht wichtig ist, ob ich ihm etwas vorwerfe oder nicht.
Du hättest geglaubt, daß ich im Begriff wäre, dir etwas zu schenken, daß es möglich wäre, deinem ganzen Leben eine andere Wendung zu geben. Aber du kannst nicht lächeln, nicht einmal lächeln, bei so einem Satz. Wie soll ich zu dir kommen, wenn du nicht einmal lächeln kannst. Ich muß mir einen finden, der es auch nicht kann, und wenn es gelingt, daß er trotzdem lächelt, dann kann ich kommen, dann komme ich zu dir.
Und am nächsten Morgen – da gibt es nichts mehr zu sagen: Ehebruch. Vielleicht hättest du recht, und es gibt kein anderes Wort dafür. Aber eine andere Reaktion. Du sprichst nicht mehr mit Hélène. Auch Hélène hat vielleicht nur versucht, jemand anderen zu lieben.
Weißt du, wie wir zusammen wach geworden sind, als ich ihm sagen mußte, daß ich mit dir unsere Ehe gebrochen habe? Es war sehr neblig an diesem Morgen, als wir wach wurden, ich wußte nicht, ob das Nachbarhaus noch da steht, wo es sonst immer steht. Ich habe ihn gefragt, ob er meint, daß es noch immer da stehe. Er ist zum Fenster gegangen und hat gesagt: »Du hast recht, der Nebel hat es verschluckt.«
Und hinterher – wir duschen, er bespritzt mich mit heißem Wasser –, ich frage ihn, ob er meint, daß er mich noch immer liebt.
Der Spiegel ist beschlagen, die Kacheln sind beschlagen, der

Fußboden ist beschlagen, wir haben die Handtücher vergessen, ich kann nicht einmal mit einem Frottiertuch über den Spiegel wischen.
»Wieso sollte ich dich nicht mehr lieben?«
»Ich habe einen Ehebruch gemacht.«
Er öffnet die Badezimmertür, er horcht in den Flur, er sagt: »Das Kaffeewasser kocht.«
Ich sitze am Frühstückstisch. Er balanciert die Eier mit einem Löffel aus dem Dampf, er setzt sich zu mir an den Tisch.
Die Töchter kommen, eine Stunde lang ist es laut. Ich komme zurück, ich habe die kleinere Tochter in den Kindergarten gebracht. Immer noch Nebel, mein Haar ist kraus, wenn die Luft feucht ist, wird es leicht kraus.
Er öffnet die Tür. Ich ziehe den Mantel aus, ich hänge ihn über die Stuhllehne.
»Willst du nicht wissen?«
Er sieht mich an, er lächelt: »Wozu?«
Wenn es Zeit ist, schlafen zu gehen, wird unser Schlaf so friedlich wie immer sein, wie die Quelle, die im Moos versickert oder weiter zwischen den Baumstämmen Anemonen und Pilze speist.
Es wird Sommer. Wir treffen uns – auf halbem Weg – nicht in deiner Stadt, nicht in meiner Stadt. Und als ich zwischen deinen Bildern stehe, kränkt es mich, daß du sie mir verschwiegen hast. Ich bin eifersüchtig auf deine Bilder. Ich habe es dir gesagt. Und als du mir den Arm gibst, um zu den anderen zurückzugehen, bin ich nur ich, einen Augenblick nur ich.
Es ist meine Stadt. Ich bin in ihr geboren. Hier habe ich mein erstes Kind geboren, meine ersten Bücher geschrieben, und über den gefrorenen Ententeich laufe ich Schlittschuh, immer noch – mit Nicole nur ganz selten, aber mit meinen Töchtern. Und du nimmst den Mantel und siehst mich nicht mehr an und gehst, weil ich ich bin, in einem eigenen Leben, man ist immer in einem eigenen Leben, bevor neues dazu kommt, was hast du dir denn gedacht? Ich will es dir erklären, aber du hörst mir nicht zu. Wer Bücher

schreibt, kann auch schwanger werden, da ist nichts mehr gewiß. Du gehst mir nach, du mißtraust mir, ich muß dich betrügen, damit du mir endlich glaubst.

Und als du glaubst, und als du mir vertraust – was hilft es uns, daß du die kleine Viertelstunde früher als nötig von ihr fortgegangen bist, und wenn sie dich zufällig geliebt hätte, du hättest ihr doch nicht geglaubt. Ich war eifersüchtig, ich habe es dir gesagt, aber dann weggelächelt, immerhin weggelächelt – drei Tage in dem kleinen Dorf. Und du willst mir nicht sagen, was für ein Unglück – du erzählst mir nicht, nicht von Hélène, nicht von Catherine, nicht von Ninette, nicht von Julienne.

Du schreibst mir Briefe, die ich nicht beantworten kann. Sie hindern mich, zu dir zu kommen. Sie erlauben mir nicht, so freiwillig, wie ich sein will, mit dir zusammen zu sein. Meine Liebe wollte dich widerlegen, deine Liebe nimmt mich in Besitz.

Du wartest auf mich in einem Hotelzimmer in meiner Stadt. Ich kann nicht kommen. Ich würde dir doch nur zürnen. Sie kommt für mich, du weist es zurück, du hast mir zugedacht, die beste aller Geliebten zu sein. Die beste aller Geliebten will dich nicht widerlegen, die beste aller Geliebten fragt nicht, die beste aller Geliebten ist fraglos für dich da, entspricht dir, gehorcht dir, widerspricht dir nicht.

So geht es nicht, Liebster, aber ich kann immer noch freiwillig zu dir kommen. Ich komme, du lächelst, noch eben, du hast gesiegt. Und wenn du morgen früh wach wirst, bist du allein. Ich muß es dir sagen, ich muß dich fragen, ich will wissen, was du nicht mehr wissen willst, was du über mir vergessen willst.

Du sagst es mir. Eine Frau. Eine andere Frau. Die beste aller Geliebten. Sie hat dich nicht gefragt. Sie war fraglos für dich da. Sie hat euch gesehen, dich und Catherine. Sie wußte nicht einmal, daß Catherine deine Schwester ist. Sie hat sich gehütet, dich danach zu fragen.

Sie ging ans Fenster, die Luft tat ihr gut, sie will sich noch etwas hinausbeugen, mit der Luft reden, du hörst ja nicht zu, sie war dein Verhältnis, sie war deine Geliebte, sie war für dich da. Du brauchst sie nicht mehr. Sie hat den Übermut, sich noch etwas weiter über den Fensterrahmen zu beugen, als wenn sie ein Anrecht hätte auf die Luft.

Wie kommt sie dazu, wo du doch im Sommer mit ihr ans Meer gefahren wärst? Du hattest es ihr zugedacht. Sie wußte es nicht. Nicht einmal danach hätte sie es gewagt, dich zu fragen.

Aber ich habe dich gefragt: »Du mußt mir sagen, was dir fehlt, was du vergessen willst.«

Du siehst mich an, du stehst auf, du sagst es mir – du wolltest es mir sagen – was? – ich habe dir nicht zugehört – nicht einmal zu Ende zugehört. Es muß etwas dazwischengekommen sein, dieser dumme Schneefall kam dazwischen.

Du wolltest mir erzählen, daß sie Jelängerjelieber pflückt, sie hat schon den ganzen Arm voll, sie pflückt ihn für dich, aber du siehst sie nicht, du stehst mit dem Rücken zu ihr, sie beugt sich über den Zaun, das Kleid reißt, so ein endloser Riß, sie erschrickt, sie ruft dir nach, du kommst, du hast nicht Nadel und Faden, laß, ich habe, vielleicht, ich muß nachsehen, so eine mondlose Nacht, und jetzt wird es auch noch windig.

In der Telephonzelle habe ich dich angerufen, du brauchst nur den Arm auszustrecken, wenn du schon schläfst, das Telephon steht neben deinem Bett. Aber du schläfst nicht – zwischen elf und zwölf schläfst du noch nicht –, wo du mir doch erzählen wolltest. Vor dem Hotel Mondial habe ich auf dich gewartet. Wir werden irgendwohin zusammen essen gehen. Wir sitzen an einem Tisch. Du erzählst nicht. Du hättest mir ja erzählt. Es gäbe nicht mehr zu erzählen. Du hättest es selber nicht gewußt, daß du sie geliebt hast, erst als sie tot, sozusagen an dir gestorben war.

»Und sie hatte nur dich?«

»Sie hatte nur mich, ich nehme es an.«

»Du hättest sie geheiratet?«

Nein, nicht geheiratet, du glaubtest nicht.

»Wenn sie nicht nur dich gehabt hätte, lebte sie noch.«

»Was willst du damit sagen?«

»Daß es nicht gut ist, nur einen einzigen Menschen zu haben und sonst nichts.«

»Sie war eine Frau.«

»Ach.«

»Anders als Hélène.«

»Hélène hatte nicht nur dich?«

»Hélène war von Anfang an unabhängig – Catherine war ja im Haus. Seit dem Tod meiner ersten Frau. Sie ist an Ninettes Geburt gestorben.«

»Ninette?«

»Unsere zweite Tochter Ninette. Sie ging mit siebzehn Jahren mit einem Kunststudenten aus dem Haus.«

»Und kam nicht zurück?«

»Doch, kam zurück. Laß. Ihr Leben ist zerstört.«

Du stützt den Kopf in die Hand.

»Und deine Bilder?«

Du antwortest nicht, doch, aber entfernt, weit entfernt:

»Catherine wird sie vernichten, wenn ich nicht mehr lebe.«

»Warum? Was hättest du zu fürchten?«

»Fürchten? Ich habe es dir doch gesagt – es ist nicht jedermanns Sache, öffentlich zu sein.«

Du hast den Kopf immer noch in die Hand gestützt. Ich habe dich allein gelassen. Ich habe dir nicht einmal zu Ende zugehört. Du hast mir nichts mehr zu erzählen. Aber eben, eben, hättest du mir erzählt.

Julienne. Ein Bild in einem runden Rahmen. Eine Photographie. Aber sie hat dich geliebt. Und du liebst sie. Selbst wenn du es nicht gewußt hast, daß du sie liebst. Die beste aller Geliebten. Nach dem Tod deiner ersten Frau. Nach dem Ehebruch deiner zweiten Frau. Sie war eine Frau.

Ach, Liebster, ich kann sie dir nicht ersetzen. Auch wenn du es geglaubt hast, einen Augenblick lang oder länger, auch wenn du mich auf den Nabel geküßt hast, durch den Raum, durch die Glastür, damit ich sie dir ersetze, auch wenn ich auch eine Frau bin. Ich hatte es mir anders gedacht – kommen, gehen, lassen, einander lassen, Vertrauensspiel, jeden in seine Welt, und ab und zu die Augen zu und doch nicht gestorben sein. Erwachsen. Aber du hast keinen erwachsenen Wunsch. Du hast nie erwachsen gewünscht. Auch eine Geliebte ist doch ein unerwachsener Wunsch. Du mußt sie an nichts zurückgeben. Sie gehört nur dir, ganz allein. Du füllst sie aus.

Aber mich füllst du nicht aus, auch wenn ich dich vermissen kann, augenblickslang oder längerlang, auch wenn ich eifersüchtig bin, auf sie, die du die kleine Viertelstunde früher als nötig verließt – um dir was zu beweisen? – auf Julienne, eben noch Julienne. Du trinkst nicht, du ißt nicht, du wartest auf nichts.

Und wenn ich sie dir ersetzte? Einfach so? Dann bin ich es nicht, der du Liebesbriefe schreibst. Ich brauchte sie nicht mehr zu fürchten. Sie schrieben mich nicht mehr um. Sie hielten mich nicht mehr fest. Und wenn du mein Kleid in der Hand hältst, mein Kleid wäre es nicht. Ich müßte dir nicht mehr zürnen. Ich könnte die beste aller Geliebten sein. Solange ich es nicht selber bin, nach der du fragst, wäre alles leicht, wie ganz am Anfang, durch die Glastür. Nur eine Erwartung. Nur ein Wunsch. Viele Wünsche. Ich müßte sie nur erfüllen und nicht fragen, ob es unerwachsene Wünsche sind. Du bist weit entfernt, ich muß dich zurückrufen, ich muß es versuchen:

»Und wenn ich nur dich hätte?«

Du siehst mich an, nicht gleich, aber dann, du lächelst, du schüttelst den Kopf:

»Trink deinen Wein.«

So geht es nicht. Ich darf dich nicht einmal ins Vertrauen ziehen. Wir gehen. Es hat aufgehört zu schneien.

XI

Es geht. Es geht nicht. Doch, es ging, fast leicht. Noch im Dezember. Noch im Januar. Denn ich hatte nicht nur dich.

Nur Trennen ist kompliziert. Aber Trennen ist immer kompliziert. Ich weiß nie, wie man sich trennt. Doch, ich weiß. Ich habe mich erinnert. Sie haben ihn aufgebahrt, unten im Haus, so viele Leuchter. Wenn alles aus dem Zimmer ist, hole ich mir einen Schemel und setze mich zu dir und zupfe an deinem linken Augenlid, nur ganz so ein bißchen, weil sie sagen, du seist tot.

Was sie nicht sagen, sie wissen nicht, sie haben nie mit dir auf dem Speicher getanzt und Wassereimer die Speichertreppe hoch. Ich hebe deine Hand auf, nur ganz so ein bißchen, wo du doch noch mit mir reden willst.

»Wasch die Hände, wasch die Pinsel, stell dich gegen das Licht.«

»Ich will es versuchen, Onkel Eustache.«

»Kannst du tanzen, du mußt es lernen und einen Fiedelbogen halten in der einen Hand –«

»– in der einen Hand.«

»Und einen Pinsel in der anderen Hand –«

»– in der anderen Hand.«

»Und viel Marzipan essen.«

»Und viel Marzipan essen.«

»Und nicht weinen – jedenfalls nie lange.«

»– nie lange.«

»Und achtgeben auf die Mütze. Sie darf dir nicht vom Kopf fallen. Hast du verstanden?«

»Ich verstehe gut.«

»Dann geh und sag dem armen Heinrich gute Nacht.«

Ich stehe im Türrahmen. Er steht im Flur. Du stehst im Flur. Du bist blaß. Ich habe dir nicht gehorcht. Du hältst bei ihm Wache. Du allein. Ich darf nicht in das Zimmer gehen.

»Ich habe dich nur im ganzen Haus gesucht, wir haben uns noch nicht gute Nacht gesagt.«

Du nimmst mich bei der Hand, du bringst mich zu Bett, du liest mir vor: »Heinrich, der Wagen bricht, nein Herr, der Wagen nicht. Es ist ein Band von meinem Herzen.«

Der eiserne Heinrich, der arme Heinrich, der deutsche Märchenwald decken mich zu.

Und als du schon im Türrahmen stehst –

»Was fehlt dir, Papa, du mußt es mir sagen.«

»Da gibt es nichts zu sagen. Ich kümmere mich um dich.«

Und als sie ihn aus dem Haus tragen – nicht atmen, nicht bewegen, erst wenn alles gegangen ist, und dann, auf Zehen- spitzen – und den Pinsel in der einen und den Fiedelbogen in der anderen Hand. Es geht, fast leicht, und die Mütze fällt mir nicht vom Kopf.

Und nicht küssen, nicht bewegen, wir müssen uns noch erst trennen. Trennen bleibt kompliziert, auch wenn du jetzt scheinbar gesiegt hast. Auch wenn ich dich auch beim Trennen küssen und mich bewegen dürfte, es gehörte dazu, die beste aller Geliebten trennt sich schwer.

Aber ich bin nicht die beste aller Geliebten. Ich spiele sie dir nur zurück. Solange es geht, solange du dich immer wieder von ihr trennst und zurückfährst. Du hast deine Praxis, du hast Voltaire. Noch im Dezember, noch im Januar. Dann nicht mehr. Du fährst nicht mehr zurück. Heute noch nicht.

Du weißt selber, was du brauchst.

Gewiß, du weißt, was du brauchst, ich kann dir nicht widersprechen. Doch, ich muß dir widersprechen: »Du mußt zurückfahren, es ist spät.«

Du verneinst: Nicht spät. Es ist noch nicht spät. Du weißt selber, wie spät es ist. Und Kopf im Schoß – wir haben Zeit.

Und nicht küssen und nicht bewegen, auch ich muß mich von dir trennen, ich muß mich schon von dir getrennt haben, bevor du dich trennst, sonst geht es nicht. Du wirst dich trennen, bald, und du wirst glauben, es sei dein eigener Entschluß.

»Du mußt den Scheibenwischer anlassen, weil es doch so schneit.«
Du läßt ihn nicht an. Es geht nicht. Ich muß es dir sagen. Du mußt zurückfahren. Du brauchst keine Frau. Du brauchst dich selbst.
Du lächelst. Das kann schon sein, du weißt selber, was du brauchst.
»Du weißt es nicht.«
»Ach, was du nicht sagst. Und was weißt du, was ich brauche. Es gibt Dinge –«
»Laß, das hast du mir schon einmal gesagt.«
Wir haben Streit. Schon sind wir mitten im Streit.
»Ich bin nicht die beste aller Geliebten.«
»Ach, und was bist du dann?«
»Du hast dir gewünscht, daß ich sie dir zurückgebe. Ich habe es versucht.«
Du bist zornig, du sagst kein Wort. Doch, du sagst, ich habe dich belogen. Ich hätte mit dir gespielt.
»Was heißt gespielt? Nicht mit dir gespielt. Ich habe sie dir zurückgespielt. Du wolltest sie zurück.«
Du schüttelst den Kopf. Nicht zurück. Du hättest gewollt, daß ich so wäre wie sie.
»Sie hat dich allein gelassen. Sie hat sich drei Stockwerke tief aus dem Fenster gestürzt.«
Du nickst. Das könnte sein. Eine Frau wäre eine Frau.
»Eine Frau ist ein Überfluß oder ein Freund.«
Du weist es zurück. Kein Überfluß und kein Freund. Du glaubtest auch nicht, daß es das gäbe, nicht zwischen Mann und Frau. Was nicht gäbe – Freundschaft nicht gäbe? Nein, du behauptest: nein, nicht zwischen Mann und Frau.
»Und warum sollte ich versucht haben, sie dir zurückzugeben?«
Du weißt es nicht, du willst es auch nicht wissen. Du bleibst dabei, es rechtfertige kein Spiel, kein solches Spiel.
»Ach, Liebster, jetzt mußt du mich verstehen, sonst war alles umsonst. Ich dachte, du hättest es wenigstens selber gewußt, daß es fast alles unerwachsene Wünsche waren, die du erfüllt haben wolltest. Du hattest es mir ja gesagt, daß du nicht mehr erwachsen

wünschen willst. Warum sollte ich es nicht versuchen, sie dir zu erfüllen? Du hast gesagt, daß du dir noch etwas erwartetest – ein Geschenk. Geschenke müssen nicht immer vernünftig sein. Können auch unerwachsene Wünsche erfüllen. Wie den Wunsch nach einer Geliebten. Auch eine Geliebte ist doch ein unerwachsener Wunsch.«

»Ein unerwachsener Wunsch. Und wie hätte ich wünschen sollen? Was wäre ein erwachsener Wunsch?«

»Du hast dir sie gewünscht. Nicht mich.«

»So. Und dich zu wünschen wäre ein erwachsener Wunsch?«

»Ich glaube. Ja.«

Du lächelst – flüchtig.

»Kommen, gehen, lassen, einander lassen, jeden in seine Welt, erwachsen, Vertrauensspiel.«

Du lächelst – deutlicher: »Vertrauensspiel.«

»Ich fülle dich nicht aus. Du füllst mich nicht aus. Du kannst nicht wollen, daß wir einander ausfüllen, aber einander Wünsche erfüllen, erwachsene oder unerwachsene Wünsche, und es wenigstens wissen, wenn es unerwachsene Wünsche sind, und es nicht vergessen.«

Du nickst. Du hättest es nicht vergessen. Auch wenn du manchmal, öfter, vergessen hättest, daß es noch etwas zu wünschen gibt.

»Aber ich bin nicht sie, ich bin ich.«

Du lächelst – jetzt ganz deutlich –, das wüßtest du, das hättest du nicht einmal einen Augenblick vergessen. Und was wollte ich jetzt? Du fragtest es mich, weil es ja ein erwachsener Wunsch wäre, sich mich zu wünschen. Du machtest den Versuch, du wünschtest dir mich.

»Also – was willst du jetzt?«

Was will ich jetzt?

»Zurückfahren. Du mußt zurückfahren. Der Scheibenwischer. Es schneit.«

Du nickst. Du schaltest den Scheibenwischer ein.

»Und jetzt?«

»Jetzt mußt du anhalten und mich hinauslassen, und du fährst zurück.«

Und nicht küssen und nicht bewegen, du hältst an, du läßt mich heraus, du fährst wieder an, ich stehe auf dem verschneiten Weg, du fährst ein kleines Stück, du kommst zurück, du drehst die Scheibe etwas herunter.

»Und jetzt?«

Und nicht küssen, und nicht bewegen, nicht einmal lächeln.

Aber du lächelst, du drehst die Scheibe wieder hoch, du fährst allein zurück.

XII

Etwas ist anders, deutlich anders, plötzlich anders, aber ich weiß noch nicht, was es ist. Es ist immer noch Januar, es schneit.
Du schreibst mir Briefe, keine Liebesbriefe, kurze Briefe, ich kann mir dich vorstellen, ich weiß, wie du durch die Rue Monge gehst, wie du ins Haus zurückkommst, einen Blick auf die Magnolie, nicht daß du etwa erwartetest, daß sie schon blühte – das hat Zeit.
Und im Februar, Anfang Februar, das Hôtel du Nord in Charleville. Auch Catherine ist einen Tag in Charleville. Und in der Bonbonnière fragt Catherine: »Gibt es das – zuviel Bonbons?«
So hat sie deine Töchter gefragt. So hast du mich gefragt. Nein, du hast es etwas anders gefragt.
»Am Anfang hat er nur Libellenflügel gemalt über einem vermoorten Teich«, sagt Catherine.
Sie und ich besuchen die Schwester, die in Charleville verheiratet ist. Sie ist nicht wie Catherine. Catherine ist zum Verlieben. Und als wir über Nacht bei der verheirateten Schwester bleiben, schlafen wir zusammen, wie Freundinnen, wie Nicole und ich.
Nein, nicht ganz so. Catherines Augen weichen sekundenlang vor meinen zurück, sie öffnen sich, schließen sich, ohne zu fragen. Sie muß nicht fragen, sie weiß.
Catherine hatte Lieben, dreimal, viermal, sie erinnert sich nicht. Das erste Mal noch hier, in Charleville, als der Cousin und sie keine verlorenen Kinder mehr waren. Der Cousin lebt längst in einer anderen Stadt. Aber Catherine unter einem Kirschbaum oder Pflaumenbaum – Catherine weiß nicht, weiß nie, wie die Bäume der Reihe nach hintereinander blühen – vermißt ihn nicht. Und bei der zweiten Liebe ist Catherine schon in Paris. Catherine ist Apothekerin, aber als die kleinen Töchter im Haus sind, nur noch stundenweise, aushilfsweise, dann nicht mehr, eine Zeitlang überhaupt nicht mehr.

Und nach sechs Jahren heiratet Charles ein zweites Mal. Und Catherine hat wieder eine Liebe, eine große Liebe, lächelt Catherine. Aber Hélène ist von Anfang an nicht viel im Haus. Hélène ist Modezeichnerin, doch bald sind noch zwei kleine Söhne im Haus. Catherine ist für sie da. Catherine ist für alles da, auch für Charles. Aber Charles sagt kein Wort. Charles hat seine Praxis.

Und eines Abends, die Fenster stehen offen, riecht es nach Farbe, und auf Charles' Gesicht liegt etwas wie ein Glück. Und Catherine schließt die Fenster gegen die Falter, aber erst, als es zu dunkel geworden ist ohne Licht. Ninette geht aus dem Haus. Hélène liebt einen anderen Mann. Und er fragt sie nicht, seit wann. Er fragt überhaupt nicht mehr. Eine Zeitlang sucht er nach Ninette. Und wenn er zu lange ohne Licht sitzt, kommt Catherine und bringt Näharbeiten mit. Sie häufen sich. Sie fallen einfach so an.

Bis es an irgendeinem Abend im frühen Frühjahr wieder nach Farbe riecht, und Catherine hat weniger Näharbeiten und auch noch eine Liebe. Auch Charles hat noch eine Liebe, auch wenn er es lange nicht weiß. Catherine ist überzeugt, daß er es nicht weiß. Er wartet ein Jahr, mehr als ein Jahr. Er glaubt sich selber nicht. Und Julienne drängt nicht, fragt nicht, wartet ab. Fragt nie, auch später nicht. Und von Catherine weiß sie nichts.

Irgendwann, viel später, ist Julienne allein in Etretat. Charles weiß es nicht, Catherine war länger krank, er fährt mit Catherine übers Wochenende nach Etretat. Catherine ist zehn Jahre jünger als Charles. Julienne kennt sie nicht.

Es kann sein, daß Charles ihr den Arm gegeben hat, sie meint, sich zu erinnern, sie war immer noch sehr müde, und Charles so entspannt wie eigentlich fast nie.

Julienne hat sie gesehen, zwei Tage in Etretat. Und natürlich liebt Catherine ihren Bruder und ist sich nicht sicher, ob man so etwas von außen unterscheiden kann.

Julienne fährt ab. Ohne ein Wort. Doch, sie hinterläßt einen Brief. Den liest er erst, als sie zerschmettert auf der Straße liegt, auf die sie sich drei Stockwerke tief fallen ließ.

Catherines Augen sind verstört, weit offen, schließen sich nicht.
»Und dann kamst du, aber später, erst viel später«, lächelt Catherine.
Sie zieht den Kamm aus dem Haar. Es ist das Gästezimmer und kalt. Sie hat ein fußlanges Nachthemd an. Weiße Baumwolle. Und ich bin verliebt, nicht plötzlich, aber von Stunde zu Stunde deutlicher. Es kann sein, daß Eisblumen an den Fenstern sind, ich will es nicht wissen, ich will neben ihr liegen, unter ihr.
Sie liegt neben mir, sie verschränkt die Arme unter dem Kopf.
»Catherine, was meinst du, ich glaube, daß ich dich liebe.« Sie richtet sich auf, sie kreuzt die Arme über den angezogenen Knien. »Ich habe es fast auch schon gedacht« – sie lacht – »aber ich habe noch nie an eine andere Frau gedacht.«
Und als ich sie küsse, sieht sie mich sekundenlang fast verwundert an, aber dann nicht mehr. Schon zieht sie mich in ihren Arm und flüstert etwas von einem kleinen Nest.
Und am nächsten Morgen – wir fahren noch vor dem Frühstück ins Hotel zurück – siehst du von einer zur anderen und rührst in deinem Kaffee.
Catherine spricht, spricht nicht, durchküßt jedes einzelne Wort, und du lächelst, von ihr zu mir, von mir zu ihr.
Catherine reist ab. Sie umarmt uns zum Abschied, erst dich, dann mich.
Sie steht im Zug. Sie winkt uns. Wir gehen. Durch Charleville.
»Du weißt, daß Catherine und ich uns lieben, nicht wahr?«
Du nickst, so sähe es aus.
›Wünsche nicht zu stören, alles klar, voilà.‹ Ich werde mich hüten, dich zu erinnern – Nicole und ich.
Du fragst nicht mehr nach der besten aller Geliebten, du willst nicht mehr wissen, wo ich bin, wenn ich nicht bei dir bin, doch, wenn ich es dir erzähle, dann doch, dann hörst du mir zu. Du würdest auch lesen, was ich schreibe, warum nicht. Du antwortest mir, wenn ich dich frage. Auch nach Julienne. Auch nach Ninette. Auch nach Hélène. Was habe ich gefürchtet? Ich muß mich getäuscht

haben, von Anfang an.

Ich schlage dir vor, eine Kahnpartie mit Hélène zu machen, oder mit Hélène und Catherine. Du lächelst. Kein Wort von Ehebruch. Und wenn ich dich küsse, läßt du es zu und hältst mich nicht fest, weit entfernt.

Ich kann dich ins Vertrauen ziehen. Wie einen Freund. Aber da ist nichts, über das ich dich ins Vertrauen ziehen müßte. Und als wir uns trennen, mußt du dich nicht mehr erst von mir getrennt haben. Du hast dich längst getrennt. Und ich bin verwirrt, nicht sehr lange, aber doch, nein, es ist gut, so hatte ich es mir gedacht. Und immer noch Februar und Tag für Tag Frost. Nicole ist für drei Tage bei mir.

»Er betrügt mich, Daniel betrügt mich.«

Ach, Nicole – und Seifenblasen über den ganzen Teppich. Nicole bläst Seifenblasen durch einen Gardinenring. Stecknadelfallstille, fingerhutvolle, himmelhohe Gegenwart. Sie strickt einen Pullover für sich, einen Pullover für mich, und morgen werden wir mit den Kindern Schlittschuh laufen gehen. Nicole auf dem Eis, sie bindet sich den Schuh. Es kann auch Catherine sein, ich weiß es nicht mehr genau. Doch, ich weiß, es kann nicht Catherine sein, es ist Nicole. Nicole reist ab. Aber erst nach dem Abend bei Frau van Brink.

»Kein besonderer Anlaß, nur eine kleine Überraschung, Sie werden sehen.«

Nicole und ich kommen für ein paar Stunden vorbei. Frau van Brinks Entdeckung, eine Flötistin, hat ein umfangreiches Repertoire. Nicole und ich gehen durch die leeren Zimmer. Hier standen deine Bilder, zwei Gänge lang, ich erzähle es Nicole.

An der Wand hängt ein Bild – eine Stadt, nein, weiße Splitter – du hast es dagelassen, du hast es ihr gelassen, sie wird es nicht vernichten, es ist gut, daß es da hängt.

Es ist gut. Wir gehen durch die leeren Zimmer zu den anderen zurück. Ich sehe mich im Spiegel, und der Spiegel dreht sich, dreht sich, ich drehe mich im Spiegel, Sehnsucht ist alles, was ich weiß.

»Nein, laß, Nicole, es geht, es ist nichts.«

Nicole legt den Arm um meine Schulter, und als die gnädige Frau auf uns zukommt, sagt Nicole: »Wir wollten uns gerade verabschieden, wir müssen gehen.«
Aber am nächsten Tag – Nicole ist abgereist – komme ich zurück. Ich möchte es noch einmal sehen – weiße Splitter – dann ist es gut, dann ist es wirklich gut.
Sie steht hinter mir.
»Ich hatte ja keine Ahnung: eine reizende kleine Freundin, andererseits, es wundert mich nicht einmal, Frauen mit starker Vaterbindung –«
Was will sie? Frauen mit starker Vaterbindung hat sie gesagt.
»Kommen Sie, wir setzen uns da hinüber, was ich Sie noch fragen wollte –«
Frauen mit starker Vaterbindung. Vater. Dach. Die Welt hat ein Dach. Und wenn Nicole und ich bis ans Ende der Welt liefen, was fingen wir an ohne Dach. Aber das Dach ist längst eingestürzt, zerfallen, weggeblasen. Ob es nicht doch nur noch Löwenzahnsamen gibt – oder Seifenblasen über den ganzen Teppich?
»Was meinen Sie? Frauen mit starker Vaterbindung –?«
»Aber ich bitte Sie, Freud. Wundert Sie das?«
So geht es nicht. Ich verstehe sie nicht. Doch, vielleicht. Aber nicht so schnell.
»Er dürfte doppelt so alt sein wie Sie. Wußten sie das nicht?«
»Doch, ich weiß, aber was wollen Sie damit sagen?«
»Mögen Sie: Calvados oder Sherry – wie Sie mögen – ... er ist doch für Sie nur ein Vaterersatz.«
Ich stehe auf. Sie nimmt meinen Arm.
»Hören Sie, das kann Sie doch nicht überraschen, ein langbehütetes Elternhaus – ich kannte Ihren Vater –, und sagen Sie Ihrer kleinen Freundin, es würde mich freuen, sie wieder einmal hier zu sehen.«
Ach – es hat keinen Zweck. So ein schneller rabenschwarzer Zorn. Ich stehe auf der Straße. Frost. Vaterbindung. Vaterersatz. Und er hält es nicht einmal mit Voltaire. Er hat sieben Monate gebraucht, bis er gelächelt hat, zum ersten Mal gelächelt hat. In Charleville.

In Charleville? Aber er hat gelächelt, noch eben, eben noch in Charleville. Catherine und ich, er hat es weggelächelt. Ich muß ihn selber fragen. Ich muß ihn ins Vertrauen ziehen.

Ich sitze im Zug, fünf Uhr nachmittag, ich habe keinen Koffer, ich muß dich nur eben etwas fragen, ich muß mich nur vergewissern, dann komme ich zurück.

Der Zug weiß, wohin er fährt. In fünf Stunden ist er da. Ich habe dich angerufen, nein, nicht dich, Catherine. Sie wird es dir sagen. Du wirst am Bahnhof sein.

Der Zug heißt Parzival. So ein deutscher Zug. Und außerdem ist er kalt. Oder es liegt am Frost.

XIII

Du stehst am Gare du Nord. Hut. Mantel. Krawatte. Lederhandschuhe. Alles wie immer. Aber du bist überrascht.
Wir gehen. Du hast irgendwo geparkt. Wir fahren – du sagst nichts. Du wartest. Du wartest ab.
»Ich würde gerne irgendwo etwas trinken gehen.«
Wir parken. Und irgendwo trinke ich Pernod. Du legst die Hand auf meine Hand.
»Also – was ist? Warum bist du da?«
Warum bin ich da? Ich weiß es nicht. Doch, ich wollte dich etwas fragen. Was war es nur. Du siehst mich an, besorgt.
So geht es nicht. Ich habe Sehnsucht. Sehnsucht ist neu. Ich hatte noch keine Zeit, mich nach dir zu sehnen. Doch, ich habe dich vermißt. Aber das ist nicht dasselbe. Außerdem nicht lang, nie lang.
»Ich möchte lieber gehen.«
»Wohin?«
»Ich weiß es nicht. Nicht zu dir.«
Wir gehen, wir finden das Auto, es regnet auf den Frost, wir fahren im Kreis.
»Meinst du nicht, daß es besser wäre, du sagtest mir, warum du gekommen bist?«
Der Grund. Der Grund ist kein Grund. Ich muß mir einen Grund erfinden. Die Straße ist glatt.
»Ich habe keinen Vater.«
Scheint kein Mond? Warum hat er mir keinen Grund erfunden? Es ist schlimm, keinen Grund zu haben. Du hast den Mantelkragen hochgestellt. Jetzt trennt uns alles. Kein Schneesturm, der sich erbarmen kann, kein Zigeuner, der alles leicht macht, kein Streit, kein eingebildeter Verdacht: Schwangerschaft, ein Galan, keine Liebesbriefe, die mich umschreiben, keine Rubensbrüste, die ich dir nicht bieten will, keine kleineren Brüste, nicht die beste aller

Geliebten, kein Vertrauensspiel. Es gibt das, was nicht wiedergutzumachen ist: Anvertrauen.

Pernod und Frost, seit einer halben Stunde regnet es auf den Frost. Ich muß aussteigen, alle Himmelsrichtungen sind offen, ich kann in alle Himmelsrichtungen gehen.

Das Auto steht.

Ich sehe dich nicht an. Doch, ich sehe dich an. Ich irre mich, ich habe mich geirrt. Du lächelst, nein, du lächelst nicht, du bittest mich, dir zu verzeihen.

Dir zu verzeihen? Ich öffne die Wagentür auf meiner Seite, ich steige aus. Wenn es nicht so glatt wäre.

Ach, die Nacht hat keine Glocken, alle Glocken hängen in den Türmen, wie soll ich dahin kommen, ich kann an keiner einzigen Glocke ziehen. Ich will nicht, daß du kommst, daß du mir ausredest, was ich weiß, besser weiß als du.

Alle Strandkörbe sind leer, es ist zu kalt zum Baden, wir verlassen das Sommerhaus. Nur noch das Handgepäck, das große Gepäck ist schon aus dem Haus, komm schnell, Tante Ada wartet schon mit dem Tee. Ich muß gehen, Meer, ich muß noch Tee trinken, wir fahren zurück. Kennst du die Stadt, nein, du kennst sie nicht, du kennst nur Ebbe und Flut.

»Nein, laß mich, rühr mich nicht an, ich habe Väter, ich habe Väter genug; ›Halt den Pinsel, stell dich gegen das Licht, male, du mußt auf eigenen Füßen stehen, wenn es Abend wird, kommt es auf das Werk deiner Hände an.‹ – ›Du mußt nur Vertrauen lernen. Vertrauen ist alles, was du brauchst.‹ – Geht – laßt mich, wenn es Abend wird, bin ich allein, ohne mein Eingemachtes, ohne Töchter und Söhne, ohne Galane, ohne Ringe an jedem Finger und am kleinsten alle auf einmal, ohne Verdienst – Glaubensverdienst oder anderen – es gibt keinen Verdienst, aber ihr wollt, daß ich einen habe, ihr habt immer nur nach Verdienst gefragt.«

Du verschränkst die Arme über der Brust, du siehst mich an, vom Kopf bis zu den Fußspitzen. Du hast den Hut im Wagen gelassen, auch die Handschuhe, auch den Schal.

Was mache ich nur für ein Geschrei? Wie Möwen um ein Schiff. Es muß doch anfahren oder abfahren, was wollen sie denn. Es schneit, nein, es regnet. Schneeregen. Regenschnee. Du wirst naß, wenn es so weiterschneit, oder regnet. Aber es hilft uns nicht, nein, laß mich, ich kann nicht, ich will nicht zu dir zurück. Du schüttelst den Kopf, ungläubig, lächelnd: »Wer glaubt denn noch an Väter? Wenn das alles ist.«
Ich höre nur deine Zustimmung. Sie befreit mich von einem Anspruch, von allen Ansprüchen der Welt.
Ich erzähle dir, redselig, ich folge dir, freiwillig, ins Auto zurück, in das Zimmer mit der hellgrünen Bettwäsche, die Bettdecke hat Fransen, sie streifen den Boden, ich muß sie abnehmen, nein, es ist ein anderes Zimmer – nicht wahr?
Du bestätigst es mir. Ich rede – so ein Regen draußen, ein ganzer Regenguß, die Straßenbeleuchtung ist ertrunken, ein fremdes Zimmer – irgendein fremdes möbliertes Zimmer – alle Hotelzimmer sind möblierte Zimmer, nicht wahr?
Du bestätigst es mir. Das Wasser steigt. Wenn es so weitersteigt, steigt es noch über die Gärten, den Jardin du Luxembourg, den Jardin des Tuileries, den Jardin des Plantes. Was fangen wir an, du mußt es ihm sagen, daß es nicht so weitersteigt. Es schwemmt uns noch die Möbel hinaus, den Schrank, das Bett, macht nichts, tut nichts, wir brauchen sie nicht, nicht wahr? Du bestätigst es mir, du bestätigst mir alles, was ich sage. Du mußt es auch den Möwen sagen, was machen sie auch so ein fürchterliches Geschrei. Das kommt davon, daß sie gegen den Wind anschreien, immer gegen den gleichen Wind, nicht wahr?
Du bestätigst es mir, nein, du bestätigst mir nichts mehr, du bist besorgt. Ich sehe es, Liebster, aber ich weiß nicht, um wen, da ist doch niemand, um den wir uns sorgen müßten, was wir befürchten müßten, wer glaubt denn noch an Väter, hast du gesagt.
»Ich hatte schon gedacht, ich hatte gefürchtet, es könnte sein, daß sie recht hat und ich hätte dich nur verwechselt, Vater – Vaterersatz – du hast es weggeblasen: Wer glaubt denn noch an

Väter. Ich weiß, du hältst es längst mit Voltaire. Du kennst keine Himmelsväter, die man zur Rede stellt, die man ins Vertrauen zieht, ohne die man nicht leben kann, nicht wahr? Sonst wäre ich nicht zu dir gekommen, nicht einen Tag, nicht einen Augenblick.« Du lächelst, nein, Himmelsvätern glaubtest du nicht, du hättest es mir doch längst gesagt.
»Es ist gut, dann ist alles gut. Himmelsväter wollen, daß man leise geht, auf Zehenspitzen, rund um den Ententeich, und nicht atmen, sonst bläst es einem die Kerze aus, und dann ist es dunkel im ganzen Haus.«
Ich rede, du hörst mir zu, ich erzähle dir – und um den November, der Park ist immer ganz nah – vom Ententeich diese Aufregung, wo wir nicht einmal mehr die kleine Blechlaterne mit der Windschutzscheibe haben, Tante Ada braucht sie, Tante Ada mag auch nicht mehr so gern ohne Licht im Dunkeln durch den Garten gehen. Aber auch wir brauchen Licht, ich muß sie holen gehen. So ein dunkler Teich.
Ich habe dir gesagt, daß er nicht tanzen kann, nicht einen Takt, daß er im Schneegestöber steht, mit Stock und ohne Stock, wir müssen ihn suchen gehen und das Wischtuch für die Sterne nicht vergessen, so ein Schneegestöber, nein, die Sterne verbläst kein Wind, auch kein Schneegestöber, nicht wahr?
Ich habe dir gesagt, daß ich ihn suche, mitten in der Nacht, windgeschütztes Licht, kleine Blechlaterne, und wenn es stürmt, muß ich es verteidigen und wenn der Regen es mir auslöschen will, muß ich ihn hindern, ich bin allein mit meinem kleinen Licht – nein, nicht allein, du wirst es dem Regen sagen, daß er aufhören soll so zu schütten, und dann tanzen wir, du tanzt doch, nicht wahr, Tango, tanzt du Tango, Himmelstänze, Sternentänze, Wolkentänze gibt es ja nicht – wir sind in einem möblierten Zimmer, ich bin dein Verhältnis, ich bin dein Bedürfnis, ich bin deine Geliebte, nein, ich weiß es nicht, ich kann dich im Augenblick nicht einmal verführen – ich gebe dir die kleine Blechlaterne mit, die Straßenbeleuchtung ist ertrunken, so ein Regen, aber er ist gut gegen den Frost, wo du

doch nicht Schlittschuh laufen könntest, nicht wahr? Du bestätigst es mir, du bestätigst mir, daß ich Fieber habe, hohes Fieber, aber es macht nichts, du bist gleich wieder da.

Du bist gleich wieder da. Und du bringst einen Kahn mit? Du lächelst. Ja – einen Kahn. Und Magnolienruder? Ja – auch Magnolienruder. Dann ist es gut. Dann ist es gut.

Du hast sie mitgebracht, nimm sie in die Hand, jedes in eine Hand, eins in die linke Hand, eins in die rechte Hand, und nicht weggleiten lassen, wir fahren auf dem Fluß, gib acht, da sind immer noch Eisschollen, und wenn der Frühling kommt, schmilzt das Eis.

»Nein, nicht in deinen Arm, tu es nicht, ich habe dich verwechselt, von Anfang an.«

Und am nächsten Morgen, das Wasser ist gefallen, es hat nichts fortgeschwemmt, keinen Tisch, keinen Stuhl, keinen Schrank, nicht einmal das Bett, du hast uns gegen die Strömung geführt, Magnolienruder, sicher und gut. Ich werde mich hüten, es dir zu sagen. Du weißt es nicht mehr, nicht wahr?

Aber die Zimmerdecke, aber die Tapeten, und wenn sie es dir verraten? Nein, sie sind auf meiner Seite, sie verraten es dir nicht. Und jetzt leise aufstehen, ach – keinen Koffer, nicht einmal einen Koffer, aber Wimperntusche, aber Puder, aber etwas Rouge, und mich nicht erinnern, jetzt nicht, noch nicht. Aber duschen, und die Haare mit dem Handtuch trockenreiben.

Und dann frühstücken, mit dir zusammen, wenn man eine Nacht zusammen verbracht hat, pflegt man auch noch miteinander zu frühstücken. Was hätte ich auch zu fürchten?

Du schläfst, du weißt von nichts. Du schläfst nicht, du siehst mir zu. Macht nichts, auch wenn das Haar noch etwas feucht ist, die Wimperntusche schützt mich, die Tapeten schützen mich, die Zimmerdecke schützt mich. Was willst du, das kann passieren, es kommt vor, daß man sich erkältet, auch mit Fieber, wenn man Fieber hat, sagt man dies und das.

Zwar – so hoch war das Fieber nicht, ich könnte mich noch erinnern, später, jetzt nicht.

Doch, du behauptest, es sei hoch gewesen, sehr hoch. Es kann sein, du mußt es wissen, vielleicht ist es auch gut so, daß es hoch war, sehr gut sogar. Ich könnte mich bei dir bedanken – sicher und gut, immerhin sicher und gut durch die ganze Nacht – noch schläft mein Gesicht, noch schlafen meine Hände, ich könnte dein Gesicht in meinen Händen halten, ich könnte dich küssen, nur küssen und nicht verplaudern, und mit dem Finger der Augenbraue nach, beiden Augenbrauen, nicht wahr, du erinnerst dich nicht? Aber du ziehst mich an dich, macht nichts, warum solltest du mich nicht an dich ziehen? Und darunter kann ich denken, muß ich denken, endlich anfangen zu denken.

Ich habe dich verwechselt von Anfang an. Nein, nicht von Anfang an. Wie hättest du mich da schon erinnern können. Du hast nicht gelächelt. Lange nicht. Kein Dach. Kein Vater. Weit und breit kein Dach. Du bist ja selber ohne Dach. Aber du hast mich geschützt, die Nacht, die ganze Nacht, die Tapeten wissen es, die Zimmerdecke weiß es, die Wimperntusche weiß es, ich weiß es. Ohne Dach. Einfach so. Sicher und gut gegen die Strömung. Wer glaubt denn noch an Väter, du hast es ungläubig lächelnd abgetan.

Er nicht. Er hätte darauf bestanden, daß er mein Vater ist. Er weiß den Weg, er hat die Verantwortung. Ich muß ihm nur vertrauen. Ich vertraue ihm, eine kleine Zeit, dann nicht mehr, er ist kein Vater mehr. Er vertraut sich selbst nicht mehr, ich suche ihn, im Park, am Teich, mitten in der Nacht. Du mußt mir helfen, daß wir ihn finden, du bist Arzt. Es hat keinen Zweck, alles verwirrt sich, ich kann nicht denken, ich muß nicht denken, noch nicht. Wir müssen aufstehen, wir müssen frühstücken, und dann fahre ich zurück.

»Warte, ich fahre dich zum Bahnhof.«

»Nein, ich bitte dich, fahr mich nicht.«

Wir fahren, aber nicht zum Bahnhof, zur Ile de la Cité. Weiter. Zum Jardin des Plantes. Weiter. Durch die Rue Buffon. Weiter. Durch die Avenue des Gobelins.

Was du mir geben kannst, willst du mir geben. Ich weiß es, Liebster, es wundert mich nicht. Aber ich hatte es mir anders gedacht. Ich hatte gedacht, du wünschst und ich erfülle, so weit ich es kann, so wie ich es kann.

»Nein, du mußt dich nicht sorgen, es ist vorbei, ich war nur ein bißchen verwirrt, und dann kam der Frost und dann das Fieber.«
Du nickst. Noch weißt du nicht. Noch weiß ich nicht. Doch, ich weiß: Ich habe dich nicht verwechselt. Ich meine dich. Auch wenn ich jetzt weiß, daß du mich an ihn erinnerst, spiegelverkehrt, Magnolienruder sicher und gut, die ganze Nacht. Eine kleine Zeit, ganz am Anfang, hatte die Welt ein Dach.
Dann nicht mehr. Er hat nicht mehr gelächelt.
Nur noch ganz selten. Aber dann wieder. Blätterschatten, immerhin Blätterschatten.
Ich habe es nicht gewußt, daß du mich an ihn erinnerst. Lange nicht. Aber dann? Schon in Charleville? Du hast gelächelt. Wie er, ganz zu Anfang, am Ententeich. Nein, auch in Charleville habe ich es nicht gewußt – nicht deutlich gewußt. Nur eine Angst – ich kann sie mir nicht erklären. Vor dem kleinen Pavillon habe ich dich stehenlassen. Du gehst alleine ins Hotel du Nord. Wo ich doch wollte, daß du lächeln kannst. Ich rufe dich an. Du kommst. Und als du wieder lächelst – schon vermisse ich dich. So geht es nicht. Nichts anmerken lassen. Und am nächsten Morgen werde ich früh gehen. Vaterbindung – Vaterersatz. Es wäre eine Erklärung. Es ist eine Erklärung. Du glaubst sie mir bereits. Du verstehst. Du hast mich nur an ihn erinnert. Ich habe dich nur verwechselt. So etwas ist zu verstehen.
Ich kann den Kopf noch einen Augenblick an deine Schulter lehnen. Ich meine dich ja nicht. Die beste aller Geliebten durfte das nicht. Sie mußte dich ermahnen. Ich mußte dich ermahnen. Jetzt nicht. Ich habe dich ins Vertrauen gezogen: Es gilt nicht dir, es gilt ihm. Und als du mich zum Zug fährst, darf Trennen kompliziert sein. Du verstehst, du lächelst, du bist besorgt.
»Es war Penicillin.«
»Ich weiß, es war Penicillin.«

XIV

Ich fahre. Der Zug fährt. Ich habe dich getäuscht. Getäuscht? Nein, erst ganz zum Schluß. Davor – nicht getäuscht. Nur anvertraut. Ich habe mich dir anvertraut.
Und jetzt gehst du durch die ganze Avenue des Gobelins mit diesem Gewicht.
Ich habe dir von einer Not erzählt. Von seiner Not, von meiner Not, und nicht einmal gewußt, daß es Not war, bis dahin nicht. Doch, ich muß es gewußt haben. Aber ich wußte nicht, was ich da wußte, oder ich habe es nicht mehr wissen wollen. Eine Zeitlang war sie da – meine Not um seine Not. Ich habe sie nie ausgesprochen. Ich hatte nicht vor, sie auszusprechen. Aber jetzt habe ich sie ausgesprochen – bei dir. Ausgerechnet bei dir. Die Not mit einem Vater. Ein Vater hat keine Not. Ein Vater wölbt ein Dach.
Ja – er hat mir früh ein Dach gewölbt, eine Zeitlang, eine kleine Zeit. Dann nicht mehr. Ich habe ihn nicht mehr Vater genannt. Oder doch. Aber leise für mich anders: armer Heinrich, dummer Hans. Kein Dach über der Welt. Nur er und ich. Aber er will es nicht wahrhaben. Ich soll ihm glauben. Ich soll ihm vertrauen, er weiß den Weg.
Du hast mir geholfen: Wer glaubt denn noch an Väter und Dächer über der Welt? Ich habe dir erzählt. Ich habe dir gesagt, daß ich ihn suche, mitten in der Nacht, immer noch. Daß ich ihn vermisse – eine Zeitlang hatte die Welt ein Dach.
Ich habe dich nicht verwechselt, ich kann dich nicht verwechselt haben, du behauptest nicht, den Weg zu wissen. Aber du bist da. Du schützt mich – ohne Dach. Ohne Himmelsanspruch. Einfach so. Ich kann dir sagen, daß ich mich nach einem Vater sehne, um einen Vater sorge, der kein Vater mehr ist, im Schneegestöber steht. Und du hältst mich gut. Magnolienruder, sicher und gut. Ein Arzt. Nur ein Arzt. Kein Himmel. Kein Dach. Nur die Situation. Und

hast dir gedacht, daß es vergeblich ist, für dich vergeblich – ich meine dich nicht, ich meine ihn – du bist längst an Vergebliches gewöhnt. Ninette. Hélène. Julienne. Täglich, stündlich, in deiner Praxis, in deinem Haus, zwei Straßen, fünf Straßen, zehn Straßen um dein Haus.

Du hast mich nicht ermahnt, du hast mich nicht beschwichtigt, du warst nur da. Himmelsväter ermahnen, Himmelsväter beschwichtigen, Himmelsväter bauen Hoffnungen auf, entziehen Hoffnungen, bringen Hoffnungen zurück.

Du kennst keine Himmelsväter, du hältst es mit Voltaire, vielleicht nicht einmal mit Voltaire, du hältst es aus.

Du hältst es aus? Was weiß ich – du hattest mich nach etwas gefragt, du hattest einen Wunsch, du hattest dir gedacht, ich wäre im Begriff, dir etwas zu schenken, du hattest dir gedacht, daß es möglich wäre, dich zu lieben.

Ich liebe dich, aber du weißt es nicht. Ich habe dich getäuscht. Noch einmal getäuscht. Nein, ich wußte es bis eben auch noch nicht, so nicht. Doch, ich wußte es, aber es war keine Verführung. Ich sah nur deine Not. Nicht dein Lächeln, auch wenn du gelächelt hast. Du hast erst spät gelächelt. Und auch dann – immer nur kurz. Nie so — eine ganze Nacht.

Und weißt nicht einmal, daß du mir geholfen hast. Daß ich ihn wiedererinnern kann, zum ersten Mal ganz erinnern kann, nicht nur bis zum Ententeich: – die Welt hat ein Dach – auch seine Not. Ich kann auch seine Not erinnern. Vater ist auch eine Not. Beides – Dach und Not. Ich habe es ausgesprochen. Ich darf es ruhig aussprechen. Es wundert dich nicht. Ein Vater nach den Vätern. Ohne Dach und ohne Not.

Ohne Not? Nein, ich weiß es nicht. Nicht ohne Not. Eben nicht ohne Not. Auch wenn du mich im Arm gehalten hast, auch wenn du mich geschützt hast – nicht ohne Not.

Und jetzt gehst du durch die ganze Avenue des Gobelins mit diesem Gewicht. Ich muß es dir abnehmen. Ich muß es wenigstens versuchen. Du täuschst dich. Es ist kein Gewicht mehr. Es ist gelebt.

Er lebt wieder – ganz. Ich kann ihn ganz erinnern – zusammen mit seiner Not.
Außerdem – er hat gelächelt. Am Anfang und am Ende – auch da, Blätterschatten, immerhin Blätterschatten.
Und du? Am Anfang nicht. Aber dann – dazwischen. Wo zwischen? Du lebst. Du gehst durch die Avenue des Gobelins. Ich muß dir nachgehen. Ich muß den Zug anhalten. Ich habe Angst. Was habe ich so lange gefürchtet? Warum sage ich dir nicht, daß ich dich liebe? Daß ich dich getäuscht habe?
Ich habe dich mit einem Gewicht belastet, ich habe mich dir anvertraut. Aber nicht ganz. Zum Schluß habe ich dich getäuscht: Ich meine ihn und nicht dich. Du kannst mir nicht helfen bei diesem Gewicht. Du kannst es nur tragen, ich muß es dir abnehmen. Ich muß dir sagen, daß ich dich nicht verwechselt habe, ich meine dich, ich liebe dich. Dann lächelst du, und es ist gut, alles gut.
Der Zug hält. Brüssel. Ich bin 238 Kilometer gefahren. Ich fahre sie mit der Taxe zurück. Immer noch ohne Koffer, aber eine Handtasche, und Bäume rechts und links, nein, nur ein kleines Stück, dann flaches Land und weiter oben Wolken.
Catherine öffnet die Tür.
»Er hat noch eine Visite gemacht. Er ist noch nicht zurück. In der Rue Monge.«
»Noch eine Visite – dann ist es gut« – ein Blick auf Catherine, das Haus, den Gartenstreifen, nein, sie blüht noch nicht – und Finger auf den Mund: »Ich war nicht da, versprich es mir, Catherine.«
Sie verspricht es mir, und fünf Schritte zurück, du kommst, ich kann es nicht ändern, jetzt wirst du mich mißverstehen, endgültig mißverstehen.
Ich weiß es in diesem Augenblick. Man kann nichts zurücknehmen, nicht ein Gewicht, ich hätte es dich tragen lassen müssen, da ich es dir doch schon anvertraut hatte. Du hättest es getragen, du trugst es schon, schon warst du ein Freund – nein, länger schon. Es hilft uns nichts, das Haus lädt uns nicht ein, auch Catherine nicht, auch Catherine mißversteht.

»Fahrt noch ein kleines Stück, kommt später, sprecht euch aus.«
Wir hatten keinen Streit, Catherine – nein, keinen Streit – gar keinen Streit.
Du lächelst, du hältst die Wagentür auf.
Nachmittag, früher Nachmittag, nein, nicht mehr früh, aber es ist noch hell. Wohin fährst du, du hast mich nicht gefragt – wozu. Das Land ist flach, das Land ist weit, und Birken rechts und links. Ob man an Birken sterben kann? Nein, die Augen zu und doch nicht gestorben sein.
Das Auto steht. Laß, was siehst du mich so an? Du weißt es doch. Ich muß dir nichts sagen, nicht wahr? Ich will nur mit dem Kopf in deinem Schoß liegen, dann sehe ich dein Gesicht. Es raubt nicht mehr, es hat nicht mehr recht. Es sorgt sich um alle Birken, das ganze flache Land, um Ninette, um Catherine, um Julienne, um Hélène, um sie, die dir nicht glauben wollte, daß es wirklich eine schwere Geburt war und daß sie sich schonen muß, um sie, die du die kleine Viertelstunde früher als nötig verließt, um mich, um uns alle, nicht wahr?
Und Wolken – eine nach der anderen fliegen über das Autodach. Sie müßten nur etwas niedriger fliegen, dann könnte ich das Fenster herunterdrehen und mit dem Arm eine nach der anderen zu uns hereinholen – Februar, immer noch Februar, bald werden die Tage länger, das Land weiß es schon, es streckt sich aus, noch ist es blaß, aber die Sonne, Strahl für Strahl, himmellang entfernt, lippennah, küßt es, bis es nicht mehr blaß ist, küßt es birkenlaubgrün, wiesenschaumrosa, dotterblumengelb, anemonenweiß – noch nicht, warten, schlafen, entgegenschlafen. Und wenn ich dich küsse, himmellang entfernt, lippennah, wissen – es wird alles gut. Nein, ich weiß es nicht, ich habe zuviel Wolkenkissen zu uns hereingeholt, wir finden nicht mehr hinaus. Sie raten uns nicht: Wie hört man mit Küssen auf, solange noch Lippen –, nur ein schmaler Lippenstreifen nichts von Aufhören wissen will.
Und der Spiegel dreht sich, dreht sich, wir drehen uns im Spiegel: ich nicht mehr in deinem, du in meinem Schoß. Nein – lieber nicht

– oder doch – Februar, was weiß man im Februar, nichts Halbes, nichts Ganzes, kein Drittel, kein Viertel, nicht wahr? . . . wenn auch Kopf in den Schuhen, Schuhe in den Schlehen, Herzklopfen im Strauch, himmelverwaist.

Und Pullover über den Kopf, nein – jetzt erfrieren sie nicht, sie erfrieren nicht mehr, seit du sie nicht mehr in Briefen beschreibst, auch nicht im Frost. Aber da kommt eine Wolke, dunkler als die anderen, sieht ganz nach Schneewolke aus, da hast du es – so ein schnellverschneites Feld, hat uns gar nicht gefragt. Und da zaust ein Wind, zaust die Birken, zaust die Schlehen, zaust die Vögel aus dem Nest, uns auch, wenn wir ihn weiter so zausen lassen. Komm, schneller als die Wolke, Catherine wartet schon.

Aber du willst nicht zu Catherine – weiterfahren, ach, weiterfahren, doch weiterfahren – was hätten wir zu fürchten?

Du fährst – und ich erzähle dir – und Birken rechts und links. Sie zeigen uns den Weg, wo doch schon Schneeverwehungen sind – und da kommt der Zigeuner, als sich kein Schneesturm weit und breit erbarmt, er erbarmt sich, nein, er erbarmt sich nicht, ich erzähle es dir.

Und in Charleville – die erste Angst, weil du lächeln kannst, ich erzähle es dir.

Und am nächsten Morgen, ich muß früh aufstehen, bevor ich mich verrate, ich erzähle es dir.

Und zwischen deinen Bildern Male mich. Wenn ich eines deiner Bilder wäre, hingest du mit ganzer Aufmerksamkeit an mir, du müßtest mich ja erst malen – ich erzähle es dir.

Und in meinem Zimmer, du glaubst mir nicht, daß ich erst schreibe, wenn das Leben von mir weggegangen ist – oder in den Zwischenräumen, damit es schneller zurückkommt, ich erzähle es dir.

Die erfundene Schwangerschaft, der Galan, damit du mich vergißt, da du mir doch nicht glauben kannst, ich erzähle es dir.

Die Liebesbriefe, die mich hindern, zu dir zu kommen, ich erzähle es dir.

Auch der Zorn –: Es ist meine Stadt, es sind meine Brüste, es ist mein Kleid, wenn du mich festhältst, kann ich nicht mehr so freiwillig sein, wie ich will, du hörst mir zu.
Und die Eifersucht –: Julienne. Du liebst sie und nicht mich, du hörst mir zu.
Ich spiele sie dir zurück, weil du es dir wünschst, du hörst mir zu.
Ich kann sie dir nicht länger zurückspielen, weil du über ihr und mir die Welt vergißt, du hörst mir zu.
Ich erkläre dir: Du mußt mich dich freiwillig lieben lassen, so wie ich will, so wie ich kann, du hörst mir zu.
Etwas ist anders geworden: Du läßt mich dich lieben, so wie ich will, so wie ich kann. Du läßt mir die Freiheit, ich zu sein. Du hörst mir zu. Und Sehnsucht, Sehnsucht ist neu – das erste Mal auf dem verschneiten Weg – ich erzähle es dir.
Das zweite Mal in Charleville – du und Catherine und ich am Frühstückstisch – ich erzähle es dir.
Das dritte Mal vor dem zurückgelassenen Bild – Sehnsucht ist alles, was ich weiß, und die gnädige Frau sagt Freud. Vaterbindung. Vaterersatz – ich erzähle es dir.
Ich muß herausfinden, ob sie recht hat, ich fahre zu dir – ich erzähle es dir.
Ich sehe dich, ich sehne mich – nach dir, nach ihm, ich weiß es nicht – Fieber, ich erzähle es dir.
Und im Zug – nein, schon vorher, ich weiß, nach wem ich mich sehne – ich erzähle es dir.
Du hörst mir zu, du hast längst den Arm um mich gelegt, aber fährst, hältst nicht an.
»Liebst mich?«
»Ja, liebe dich.«
Ach, Liebster, was fragst du da, was sage ich da? Doch, es ist die Wahrheit. Nichts als die Wahrheit. Ob das geht?
Du hältst an, laß, es ist kein Triumph, gar kein Triumph, du hast mich nur verführt – Magnolienruder sicher und gut, auch jetzt, doch, es ist ein Triumph, du weißt es, ich auch. Aber die Wolken

haben es immer noch eilig, unablässig, ohne wirkliche Not.
Du nickst, sie wüßten eben nichts von wirklicher Not.
Und wenn ich es auch nicht weiß? Was ist wirkliche Not? Du sagst es mir nicht, du ziehst mich an dich, nein, nicht mehr meinen Mund, was hätte ich statt dessen, Goldregen, wilden Honig – du willst es alles nicht –, ohne recht behalten zu wollen, du weist es zurück, kein Wein ist süß genug, nicht Datteln, nicht Marzipan, ich sage, du bist krank, wo doch die Sonne in großer Schönheit auf- und untergeht, wo sich immer nur alles verwandelt. Zehntausend Blätter im November. Neuschnee im März. Nein, Blütenschnee. Nein, Neuschnee auf Blütenschnee – nicht einmal das ist gewiß.
– Komm, zwei Straßen weiter, fünf Straßen weiter, zehn Straßen weiter braucht man dich – komm, wir fahren zurück.
Du lächelst –: nein, jetzt nicht zurück. Du sagst, du habest jetzt nur noch gehofft, ohne Sieg und ohne Niederlage zu sterben.
Was heißt das, laß mich nachdenken, es ist immer eine Niederlage, wenn man stirbt.
Du schüttelst den Kopf –: nein, jetzt nicht. Jetzt wäre es doch ein Sieg, fast ein Sieg.
Und zu Catherine fahren wir nicht. Es kann sein, daß das jetzt nicht geht, auch ich sehne mich nur nach dir. Aber Wein haben wir auch und ein Nordfenster – nein, es zieht nicht – laß mich noch da stehen. Oder komm, wo es doch schon dunkel ist, dann wird es noch dunkler, und ich kann nicht einmal sagen, du hättest die Helle geraubt, du bist selber dunkel, und ich bin es auch, aber Kosenamen – sie rufen uns zurück, sie kennen uns gut, das Herzpochen kennt uns nicht.
Und morgen früh wecke ich dich oder weckst du mich, nein, erst noch den Wein und dann den Mantel über die Decke, auch wenn es nicht zieht, ist es kalt. Schlaf. Februar. Oder schon März?
Und am nächsten Morgen – wir sind die einzigen Gäste –, was habe ich gefürchtet, so lange gefürchtet? Es ist nichts. Ich habe mich getäuscht. Ich habe dir gesagt, daß ich dich liebe, du weißt es, du teilst es, du erwiderst es, du bist auch darin ein Freund.

Und jetzt könnte ich eigentlich aufstehen und zu dir kommen. Aber ich komme nicht, ich habe Tintenfinger, und es wird nicht wieder gut. Du hast einen Entschluß gefaßt, den freundlosesten Entschluß: Wimereux. Wie war das Meer vor Wimereux? Nein, so nicht. Auch nicht in Wimereux, ich weiß es, Liebster, aber was machen wir jetzt?
Du hast mich mißverstanden. Ich liebe dich, aber du verstehst das Wort anders als ich. Ich habe es immer gefürchtet, aber ich wußte nicht, was ich da fürchtete.
Komm, erzählen, solange bis zu Ende erzählt ist, ich habe es ja gesagt. Auch Blumen – so viele Blumen lächeln öffentlich im Feld, im Hag, im Park, auf Balustraden, bis der Wind kommt und sie ein bißchen zaust, auch gezaust lächeln sie noch.
Ich vernichte keine Bilder, ich töte keine Erinnerung, nicht Schläfe, Schulter, Stirn. Du tötest – und ich hätte gern mit dir gezeitweilt, red mir das Wort nicht aus. Warum nicht zeitweilen – einfach so – mitten in der Zeit – wo doch alles nach allen Himmelsrichtungen offen ist, wo sich doch alles trennt und trifft und trennt und wieder trennt und wieder trifft.
Du bist schuld. Du hast nur einen Sieg nicht verschenken wollen. Nicht siegen, lassen – oder siegen, aber verschenken – und mit Hélène eine Kahnpartie machen und Ninette ins Haus zurückholen, oder sie besuchen, fragen, raten, Zusammensein und Catherine deine Bilder verteilen lassen, verschenken lassen – Galerien sind freundlich, auch Museen.
Es ist auch gut für die Rentner: Wenn die Museumswächter nicht so genau hinsehen, können sie eine Tüte heiße Kastanien essen, und unter dem Kastanienessen und unter dem Bilderbesehen wärmen sich die Füße auf, und sie können weitergehen.
Wie es gut ist für die Fabrikantengattin um die Mittagszeit. Sie war beim Friseur, sie hat sich ondulieren lassen, sie betrachtet die »Frau ohne Kopf«, auch die »Dotterblume«, wie sie ein Mädchen war und ein rosa verschossenes Kleid trug, auch den »Aufsichtsrat«. Er sieht aus wie der Mann, dem sie ihr Eheversprechen gab, wenn sie

heute auch jüngere Arme bevorzugt, nicht nur um die Mittagszeit. Sie muß noch einmal zu ihm zurückgehen, er hat ein ganz graues Gesicht, er ist schließlich ihr Mann, noch heute abend wird sie mit ihm in die Oper gehen.

Wie es gut ist für den jungen Mann, für den ganz jungen Mann, er will noch, daß Gras nach Gras riecht und Schnee nach Schnee, und wenn das Mädchen, das er liebt, nicht mehr unberührt ist, herrscht Sonnenfinsternis. Sie hätte es doch wissen müssen, daß er schon auf dem Weg zu ihr war. Und wenn sie ihn einlädt, doch näher zu kommen, wo er nun schon auf dem Weg zu ihr war, zuckt er mit der Lippe und dreht sich weg. Er nennt das: Er reißt seine Illusionen mit der Wurzel aus.

Aber später – nicht so sehr viel später sieht er die »Frau ohne Kopf« und erinnert sich – wie sie gelächelt hat, auch wenn sie seine Illusion enttäuschen mußte. Er wird es dem Maler sagen, er soll einen Kopf auf ihre Schulter setzen, der muß ein armer Mensch sein, ganz ohne Illusion.

XV

Nein, es kam kein Gottesmann über das verschneite Feld, zog keinen Hut, hatte nicht einmal eine Kapuze, nur ein Vagabund, wollte zu Fuß nach Lüttich gehen, Murmeltiere zu verkaufen.
Nein, Murmeltiere verkauft man nicht, Murmeltiere läßt man tanzen. Hatte nicht einmal ein Murmeltier und wollte nicht zu Fuß nach Lüttich gehen, kam einfach die Landstraße lang, und wir hatten Streit.
Ich habe ihn angerufen gegen dich, auch das verzeihst du nicht, wo er nicht einmal stehen geblieben ist, hat mich gar nicht gehört, ging weiter, und nur du und ich auf dem verschneiten Feld.
Ich bin schuld. Ich habe dich an einen Sieg glauben lassen. Du mußtest mich mißverstehen. Vielleicht.
Erzählen. Nach dem Frühstück – die Landstraße zurück, und Birken rechts und links. Auch wenn keine Schneeverwehungen mehr sind – sie zeigen uns den Weg. Von Birke zu Birke – wir haben Zeit. Und warum nicht Kopf im Schoß. Kopf in deinem Schoß. Kein Sperling fällt vom Dach und jedes Haar gezählt. Du fährst.
Nein, Himmelsvätern glaubst du nicht, aber ich glaube dir, ich habe dich ins Vertrauen gezogen, du hast mir zugehört und keinen Anspruch gestellt. Ich muß dir nicht vertrauen, du sagst, du vertrautest dir selber nicht, kein Dach, nur die Situation. Du kennst keinen Himmel, den du zur Rede stellst, du bist da, wenn du gebraucht wirst, ohne Sieg, ohne Niederlage, aber du hättest dir noch etwas erwartet, einfach so – ein Geschenk. Und würdest es umsichtiger halten als die anderen, fester halten, es soll nicht auch verlorengehen.
Du hast mich festgehalten, du hast mich geschützt, du hast mich von allen Vätern befreit: Ich muß dir nicht vertrauen, aber ich darf; ich muß nicht auf eigenen Füßen stehen, nicht immer, nicht in jedem Augenblick. »Du mußt lernen, du mußt auf eigenen

Füßen stehen. Wer nicht auf eigenen Füßen steht, kann auch nicht tanzen.« – »Du brauchst nichts selbst zu können. Vertrauen ist alles, was du brauchst.«

Zwei Väter – zwei Ansprüche, dazwischen ich. Das Glaubensverdienst. Das Verdienst, auf eigenen Füßen zu stehen. Ich muß es beiden recht machen. Wassereimer die Speichertreppe hoch und nach Stunden: »Der Schnabel sitzt immer noch verkehrt.« »Ich will es versuchen, Onkel Eustache.«

Und als er stirbt: »Nichts anmerken lassen, nicht weinen, nicht küssen, nicht bewegen, hast du verstanden?« »Ja, ich verstehe gut. « »Dann geh und sag dem armen Heinrich gute Nacht.« Ich sage ihm gute Nacht, aber ich darf ihn nicht fragen, ich muß ihm gehorchen, ich soll ihm vertrauen, ihm und dem himmlischen Vater. Ich bin nur ein Mädchen. Mädchen werden Frauen. Was kann eine Frau schon verstehen. Mädchen bleiben im Haus. Bis es an der Zeit ist, das Haus zu verlassen. Er weiß, wann es an der Zeit ist. Noch nicht. Er wird es mir sagen. Er weiß den Weg. Ich muß ihm nur vertrauen.

Aber ich kann ihm nicht vertrauen, nicht ganz, nicht in allem. Ich kann es ihm nicht überlassen. Es ist mein Leben. Er wird mich hindern, mein Leben zu haben.

Wir fahren – und Birken rechts und links. Von allen Vätern befreit. Du bist nur ein Freund. Überforderst mich nicht. Sprichst mit mir und meinst, daß ich verstehe. Kennst meinen Körper, auch wenn er Fieber hat, kennst meine Seele, auch wenn sie sich täuscht, wohin sie sich sehnt, auch wenn sie es weiß, auch wenn sie dich meint, auch wenn sie dich begehrt und nicht weiß, wer dunkler ist, ich oder du.

Was habe ich gefürchtet?

Von Birke zu Birke – wir haben Zeit.

Aber du sagst kein Wort, kein Blätterschatten, kein Blatt am Baum. Durch was verschattetes Gesicht?

Nein, auch der blätterlose Schatten ist nicht fremd, bald werden die Bäume Blätter haben, und wenn du unter ihnen fährst, wird

es wirklicher Blätterschatten sein.
Du hättest nur noch gehofft, ohne Sieg und ohne Niederlage zu sterben, hast du gesagt. Und ich: Es ist immer eine Niederlage, wenn man stirbt.
Und du: Nein, jetzt nicht, jetzt wäre es keine Niederlage mehr, jetzt wäre es fast ein Sieg.
Fast ein Sieg? Wen hättest du besiegt? Du kannst mich nicht meinen, ich war immer auf deiner Seite, das war kein schwieriger Sieg. Oder doch? Meinst du mich? Und meinst, es war ein Sieg? Ich muß es dich fragen.
Doch, du meinst mich, und behauptest: Es war ein schwieriger Sieg. Schwieriger Sieg? Es war mein Entschluß. Ich hatte beschlossen, dich zu lieben, bevor ich dich liebte, weil du es erwartet hast, weil du es dir gewünscht hast. Kein Zwang. Doch, später, manchmal doch. Aber dann nicht mehr, ich habe dir gesagt, daß du mich hinderst, dich zu lieben, wenn du mich zwingst. Du zwingst mich nicht mehr, du läßt mich, und du verführst mich. Wie das erste Mal in Charleville – du hast gelächelt. Ich wußte nicht mehr, warum es nötig war, mich so gegen dich zu wappnen. Wie ich es jetzt nicht mehr weiß. Du täuschst dich: kein Sieg, kein schwieriger Sieg.
Von Birke zu Birke – du fährst.
»Könntest du dir vorstellen, mit mir zu leben?«
Da ist es – und nichts hat es verhindert, kein Schneesturm, kein Zigeuner, kein Streit, kein Vertrauensspiel, kein Anvertrauen, wörtliches Anvertrauen, nichts, das sich erbarmt hätte, mit Habichtsflügeln, mit Engelsflügeln zu verhindern, dich zu warnen, dich zu behüten, so nicht zu fragen. Jetzt hat es uns eingeholt. Von Birke zu Birke. Aber nicht mehr den Kopf in deinem Schoß.
»Ich lebe doch längst mit dir.«
So meinst du es nicht, das weißt du ja, aber eben, weil du es jetzt weißt – du bietest mir eine Ehe an.
Eine Ehe? Ich bin in einer Ehe – lange bevor du kamst. Du weißt es. Er und ich wohnen in einem Haus, haben Kinder, träumten von Kindern, nehmen uns bei der Hand, immer noch, wenn wir

Angst haben.

Angst? Es kann sein, daß ich Angst habe – jetzt.

Wovor? Was hätte ich zu fürchten? Du bist da. Ich muß dir nur sagen, daß ich Angst habe. Ihm sage ich nicht, wenn ich Angst habe. Er könnte sie mir doch nicht wegnehmen, wie ich sie ihm nicht wegnehmen kann, wir nehmen uns nur bei der Hand. Aber dir habe ich gesagt, daß ich Angst habe. Du hast sie fortgenommen. Magnolienruder sicher und gut, die Nacht, die ganze Nacht.

Ein Dach. Einen Augenblick hatte die Welt doch fast wieder so etwas wie ein Dach. Du hast es für mich gewölbt, einfach so, ohne auch nur im Traum an ein Dach über der Welt zu glauben. Ich muß nichts fürchten. Und keine Angst haben. Du hast mir nur ein Dach angeboten – ein irdisches Dach – kein Dach, an das ich glauben müßte – einen Platz in der Welt – an deiner Seite – eine Ehe.

Ein irdisches Dach. Und abends die Fenster schließen gegen die Falter, jedenfalls im Sommer, und Näharbeiten mit Catherine. Und wenn oben im Haus ein Stuhl verrückt oder ein Fenster schließt, die Treppe hochgehen zu Hélène.

Hélène kenne ich nicht, immer noch nicht, sie wird mir erzählen, und ich werde nicht eifersüchtig sein, doch, ich werde, ich werde sie bitten müssen, mich im Arm festzuhalten, solange sie erzählt, und zu dir zurückgehen, die Treppe hinunter – meine erste Ehe.

Ach – da hast du es. Du machst mich jünger, als ich bin. In meiner Ehe geworden bin. Hinter der Hecke hundertjahrlang geworden bin. Du würdest wollen, daß ich auch noch im Sommer ein Frühlingskleid anhabe.

Nein, kein weißes Kleid, keine grüne Schlucht, kein Wasserlauf – das war alles da, längst da. Er und ich nahmen uns bei der Hand, wenn wir in es hineingingen – kein Vorsprung, kein Schutz, kein Dach – und doch eine Ehe, auch eine Ehe – eine andere Ehe – und heute stehen unsere Töchter so selbstverständlich selbständig in der Wiese, als könnte es gar nicht anders sein.

Kein irdisches Dach, aber eine Wiese, aber Hügel, den Vätern entronnen, er und ich, keine Väter mehr, sie sehen uns nicht einmal. Bis sie über die Hügel gesehen haben, sind wir sie schon hoch und wieder herunter gelaufen, ins Tal hinein, Hand in Hand. Gleich um gleich.

Auch in dem gleichen Schmerz, die Arme vergeblich nach ihnen ausgestreckt zu haben. Väter erlauben nicht, daß man die Arme nach ihnen ausstreckt. Väter arbeiten. Väter glauben. Väter zweifeln.

Und kurz vor ihrem Tod übergeben sie ihren Söhnen ihr Erbe. Nur den Söhnen nicht, die sich nicht ablenken ließen von einem eigenen ersten frühen Schmerz, einer unbeantworteten Frage: Arbeit – Zweifel – Glaube – ob das alles ist?

Nein. Nicht. Weißes Kleid, grüne Schlucht, Wasserlauf. Verschwörung. Fast geschwisterlich. Die Väter finden uns nicht. Und aus den Armen ein Dach machen. Du aus meinen. Ich aus deinen. Der Regen kommt nicht durch. Doch – der Regen schon. Auch der Hagel. Auch der Wind. So ein kleines Haus. Aber es ist gut für die Kinder. So können sie sich nicht so leicht verlaufen. Und wenn wir die Arme wegnehmen, haben sie immer noch das Grün von der Wiese unter sich und das Blau von dem Himmel über sich. Und mehr wissen wir nicht.

Doch – Traum zu Traum, Angst zu Angst, Zuversicht zu Zuversicht, gleich um gleich, ohne Vorsprung, ohne Rückhalt, ohne Dach – und jeden Schritt muß ich selbst bestimmen, aber ich kann die Schritte mitzählen beim Gehen, dann weiß ich, wieviel ich zurückgehen muß, um wieder im Haus zu sein. Vertrauensspiel. Nicht Anvertrauen. Nicht einander anvertrauen. Wie soll der andere gehen mit diesem Gewicht.

»Was ist –?«

Ach – du hattest mich etwas gefragt. Nein, nimm mich nicht in den Arm. Ich muß dir erst antworten. Du wolltest wissen, ob ich mir vorstellen kann, mit dir zu leben – als deine Frau. Nein – das kann ich nicht, das wollte ich auch nicht, nicht so, nicht als deine Frau. Ich muß es dir nur sagen. Dann verstehst du. Auch du bist längst hinter den Vätern – auch wenn du mich heute nacht

geschützt hast –, nicht wahr?
»Nein, Liebster, das weißt du doch, das kann ich nicht.«
»Das kannst du nicht.«
»Kann ich nicht.«
»Kannst nicht.«
»Nein. Nicht.«
»Was kannst du dann?«
»Zu dir kommen – bei dir sein.«
»Bei mir sein.«
Von Birke zu Birke. Du fährst.
»Es war zu früh.«
»Was war zu früh?«
»Kein Sieg.«
»Ach, Liebster, was heißt Sieg? Ich liebe dich, was heißt da Sieg?«
»Liebst mich – aber kannst nicht mit mir leben.«
»Nicht als deine Frau.«
»Auch nicht als die beste aller Geliebten«, du lächelst, »ich weiß – weibliche Unvernunft.«
Du fährst, nein, nicht mehr, nur noch ein kleines Stück, biegst ein, auf einen Feldweg – so kommen wir nicht nach Haus.
Es geht nicht, ich muß es dir sagen, was denkst du denn, als hülfe uns ein Feldweg. Ich kann dich auch auf der Place du Châtelet umarmen, was hätte ich zu furchten. Du fährst nicht mehr. Du hältst, liegst mit dem Kopf in meinem Schoß.
Eben, noch eben, lag ich mit dem Kopf in deinem Schoß. Müßig. Aber ich bin nicht mehr müßig. Und weil ich nicht müßig bin, klopft mein Herz. Ich kann es nicht mehr wagen, Wolken, eine nach der anderen, zu uns hereinzuziehen, auch wenn sie noch niedriger flögen, direkt über das Autodach.
Du sagst, du möchtest mich noch einmal auf den Nabel küssen, ob das geht? Vielleicht. Pullover über den Kopf. Nein, laß dich nicht verstören, denk, daß sie irgendein Zuckerreichtum sind, neben anderem, das Jahr ist früh, wir sind noch früh im Jahr, die Gräser klein, noch nichts am Strauch, aber bald, Wiesenblumen werden

Teppiche, Sträucher neigen sich, biegen sich, müssen Früchte tragen, schon fällt es ihnen zu schwer, du mußt sie hochbinden, dann pflücken, sammeln, Körbe füllen, du wirst nie mehr durstig sein. Aber noch ist Februar, was weiß man im Februar oder auch im März, es ist zu kalt, Liebster, einfach noch zu kalt, nicht hier, nicht jetzt, in einer Woche kann es wärmer sein, dann, wenn du willst, wo du dann willst.
Nein, du willst jetzt, ich nicht, es ist zu unruhig draußen, eine Wolke nach der anderen, wenn es nicht doch wieder Schneewolken sind –
Nein, kein Widerstand, kein ernstlicher Widerstand, es ist nur meine Seele, sie hat sich dir anvertraut, das war dumm von ihr, sehr dumm, jetzt weißt du, was sie dir gern verborgen hätte, was sie dir von neuem verbergen würde, laß es dir neu verbergen, sei ihr Freund. Sie hat sich selbst gefesselt. Gefesselt kann sie dir nicht mehr zu Hilfe kommen. Doch, vielleicht doch, wenn du ihr deine Lippen reichtest, dann doch.
Aber du reichst deine Lippen nicht meiner Seele, sie fragen nicht einmal nach meiner Seele, sie prüfen nur einen Widerstand, und als sie ihn bemessen haben, meinen sie zu wissen. Was? Er ist nicht groß, ich habe es nicht geleugnet, aber so werden wir trennbar, du und ich, kein Ort für meine Seele, sie stiehlt sich fort, sie gibt mir den Pullover zurück, sie sagt, daß es dumm ist, in so einem engen Auto auf den Nabel geküßt zu werden.
Aber du hältst mich fest.
»Nicht, ich bitte dich, wir wollten doch ineinander nisten, ich in dir, du in mir, du mußt die Zweige ausbreiten, du bist der Baum, aber auch der Vogel, ich nur das Nest.«
Du lächelst. Aber du hältst mich fest.
Und Wolken, eine nach der anderen über das Autodach.
»Du mußt zurückfahren, wenigstens auf die Landstraße.«
Du schüttelst den Kopf, du hältst mich fest.
»Dann laß mich, ich öffne die Tür auf meiner Seite, da kommt eine Wolke, so dunkel wie noch keine andere, sie wird das Feld

verschneien, laß mich, ich bin schneller als die Schneewolke, sieh uns zu.«

Du läßt mich nicht.

»Aber da kommt ein Vagabund über die Landstraße. Will wohl zu Fuß nach Lüttich gehen, Murmeltiere zu verkaufen. Ich könnte mit ihm gehen, er bringt mich gut nach Haus.«

Du hältst mich fest.

Ich öffne die Wagentür an meiner Seite, da ist die Wolke schon, so schnell hatte ich sie mir nicht gedacht, jetzt bis zur Landstraße, so weit ist sie nicht, und dann rufe ich, und er nimmt mich mit.

Du hältst mich nicht mehr fest. Zwei Schritte, fünf Schritte, zehn Schritte in das schnellverschneite Feld, ich rufe ihn, aber er hört mich nicht, geht weiter, vorbei.

Aber du hast mich gehört, ich weiß, das verzeihst du mir nicht, du kommst.

»Was willst du? Ich laufe dir nicht weg. Ja, ich hatte Angst, ja, vor dir.«

»Wovor?«

»Ach – so genau weiß ich das nicht. Doch – daß du mit mir schläfst. Hier ist kein Bett, und wir brauchten ein Bett, damit ich mich freiwillig zu dir legen kann. Nein, ich gehe mit dir zurück, wir fahren, du fährst mich nach Haus.«

Wir gehen zum Auto zurück. Vielleicht besser nicht mit dir zurück. Was siehst du mich so an? Ich kann den Pullover wieder ausziehen, wenn du es dir wünschst, ich kann alles ausziehen, wenn du es dir wünschst, aber ich weiß nicht, ob uns das hilft.

Es war zu früh – kein Sieg, hast du gesagt. So habe ich mich nicht gefragt. Aber so hast du dich und mich befragt, die ganze Zeit.

Nein, ich weiß es nicht, nicht immer, du hättest mich gehen lassen, wieder gehen lassen, aber ich habe mich dir anvertraut, ich habe dir gesagt, daß ich dich liebe, ich habe dich an einen Sieg glauben lassen. Ich bin schuld.

Aber ich habe nicht gewußt, daß es für dich einen Sieg bedeutet, wenn ich dir sage, daß ich dich liebe. Doch, vielleicht doch. Warum

hätte ich es dir sonst verschwiegen, solange verschwiegen?
Wenn es dir hilft, dann werde ich dich täuschen und dir sagen: Es ist ein Sieg. Vielleicht brauchst du einen Sieg, vielleicht täuschst du dich, und du hast nie ein Geschenk erwartet, von Anfang an kein Geschenk, nur einen Sieg. Dann kann ich auch den Pullover nicht mehr selber über den Kopf ziehen, dann muß ich es dir überlassen. Ich überlasse es dir. Keine Wolke mehr – eine nach der anderen – über das Autodach. Es schneit, gleichmäßig, kein Vogel fliegt. Willfährig, wie die beste aller Geliebten – willfähriger – ich möchte, daß du siegst. Dann erinnerst du dich, bis die Magnolie blüht, bald. Zeitweilen, in der Zeit weilen, es ist nicht schwer. Vom Februar bis zum März, vom März bis zum April. Und jetzt komm, sonst schneien wir noch zu. Du hast mich doch längst auf den Nabel geküßt.
»Nicht nur auf den Nabel? Nein, ich weiß. Ja, wenn du es so willst – weibliche Unvernunft, nichts als weibliche Unvernunft.«
Und darunter ziehe ich mich heimlich an.
Du weißt, was ich brauche? Du willst es mir geben? Ach, Liebster, ich glaube nicht, daß du es weißt.
Keine Ehe. Selbst nicht, wenn ich in keiner Ehe wäre. Ich hätte etwas anderes gebraucht. Ich brauchte deine Bilder, öffentlich, unvernichtet – Galerien sind freundlich, teilen sich mit; ich brauchte dein Lächeln, für Hélène, Ninette, Catherine, auch für mich, ab und zu, auch für mich, wenn ich Fieber habe, wenn ich mich nach dir sehne, wenn ich ein Dach begehre, wo ich doch weiß, daß das Dach der Welt längst fortgeflogen ist. Wenn ich mich dir anvertraue. Anvertrauen ist schlimm. Das Schlimmste, das sich Menschen antun können. Du mußt es weglächeln. Du mußt es wenigstens versuchen. Wie in der Nacht, als du alle Väter weggelächelt hast und mich doch festgehalten hast, bis die Nacht vorbei war, um mich gehen zu lassen, einfach so, in den Morgen, er war noch ganz neu, ich hätte dir erzählen können, ich wäre wiedergekommen und hätte dir erzählt.
Aber du hast geglaubt, daß ich ihn meine und nicht dich, du hast

mich nur gehen lassen, weil ich ihn meine und nicht dich. Warum lächelst du jetzt nicht, wo ich dir gesagt habe, daß ich dich meine und nicht ihn? Was ist jetzt so anders? Warum hast du jetzt gemeint, es sei ein Sieg? Und selbst wenn du recht hättest, warum willst du ihn festhalten? Ich liebe dich, du weißt es – es genügt doch, daß du es weißt. Du weißt es, ich weiß es, und wenn wir uns treffen, und wenn wir uns trennen, bleibt Zeit genug, um es zu wissen und zu lächeln. Und dazwischen ist anderes zu tun.
Vom Februar bis zum März, vom März bis zum April.
Ob ich versuchen soll, es dir zu erklären? Ich versuche es. Du hörst mir zu. Aber du schüttelst den Kopf. Ich wisse nicht, was ich brauche. Aber du wüßtest: Ich wäre zu dir gekommen ohne Gepäck, wieder abgereist, wieder zurückgekommen, immer noch ohne Gepäck, ich hätte dir gesagt, daß ich dich liebe, ich liebte dich, du wüßtest es und du ließest mich nicht mehr los, jetzt nicht mehr, du hättest die Verantwortung, du könntest es gar nicht tun – Ach, Liebster, ich weiß, ich hätte es dir weiter verbergen müssen, ich habe es von Anfang an gewußt.
Laß, halt mich nicht so fest. So fest hat mich noch nie ein Mann gehalten. Doch. Und bin ihm doch entwischt. Aus den Dachluken oben auf dem Speicher sieht man die ganze Stadt.
So ein dichter Schneefall, man kann nicht einmal mehr bis zu den Birken sehen. Wenn ich jetzt die Tür an meiner Seite aufmache, würdest du mich nicht mehr finden, nach ein, zwei Metern schon nicht mehr. Es könnte immer noch glücken. Du wirst nach Hause fahren, ich werde dir schreiben, erklären, warum du dich irrst, warum ich nicht deine Frau werden kann und zurückkommen, noch im März, ob sie schon blüht oder nicht.
Du wirst mir öffnen und lächeln, du verstehst – nicht wahr?
Ich öffne die Tür an meiner Seite, ich bin schon mit den Schuhen im Schnee.
»Nein, halt mich nicht fest, jetzt lasse ich mich nicht mehr festhalten.«
»Nein, du weißt nicht, was ich brauche, du hörst mir ja nicht

einmal zu. Laß mich, ich bitte dich, ich werde es dir erklären. Schon morgen, laß mir Zeit. Sei nicht so dumm, es gibt keinen Sieg. Oder wenn – er ist kein Glück. Glück muß man zulassen, erlauben. Sieg stellt sich ein, fragt nicht, bittet nicht, herrscht.«
Du nimmst mir die Tasche ab, den Mantel, ich hatte ihn nur in der Hand.
»Laß mir die Tasche, ich brauche sie vielleicht, du weißt doch, ich bin ohne Gepäck zu dir gereist.«
Du lächelst, flügelschlaglang, nein, du darfst mich nicht erinnern, jetzt nicht mehr, aber du lächelst auch nicht mehr, du hältst mich fest.
Nicht. Was man so festhält, hält man leicht eine Spur zu fest.
»Nein, nicht auch den Pullover, du mußt ihn mir lassen, wo es doch so schneit, auch wenn ich nicht deine Frau werden kann. Und jetzt laß mich, das Land ist flach, das Land ist weit, was glaubst du denn, wer schneller ist, du oder ich.«
Du läßt mich los – keinen halben Augenblick lang – ich laufe dir davon, in das flache, weitverschneite Land.

XVI

Aber kein Blätterschatten, auch wenn es nicht drei Jahre gedauert hat, bis ich wiederkam – nur eine knappe Stunde. Und als ich zurückkomme, steht das Auto nicht mehr da. Und den Feldweg zurück bis zur Landstraße, die Birken wissen mir nichts, doch, sie wissen, aber sie sind auf deiner Seite, kein Haselstrauch, kein Bäumchen rüttel dich, kein Gold und Silber über mich, geschweige einen Rat, in welche Richtung das Auto fortgefahren ist.
Angst. Wer ist schneller – du oder ich – du bist schneller, ichhabe nicht an das Auto gedacht. Mit einem Auto kann man gegen eine Birke fahren, sich überschlagen – ich kann nichts. Ich kann nur abwarten, auf der Stelle, ob du vielleicht zurückkommst. Aber du kommst nicht zurück. Kein Spielgefährte, nur ein Mann, der einen Entschluß gefaßt hat. Wies mir einen Platz an seiner Seite zu, den höchsten, den er zu vergeben hatte, und ich habe ihn nicht angenommen.
Ich habe ein Dach ausgeschlagen, zum zweiten Mal ein Dach. Auch wenn es ein anderes Dach gewesen wäre, kein Dach, das sich wölbt, hoch über den Teich, hoch über die ganze Stadt, nur ein Haus, nur ein Arm, nur ein Lächeln, wenn ich nicht mehr weiter weiß. Aber doch ein Dach, eben doch ein Dach. Da mußte ich dir doch davonlaufen – in mein eigenes Leben zurück. Es schützt mich nicht. Es läßt mich ungeschützt, an der nächsten Straßenecke kommt ein Wind, er dreht sich, der Wind dreht sich, nicht fragen, nicht grübeln, bei der Hand nehmen und den Finger in den Wind halten – und da sind meine Töchter, auch sie halten längst den nassen Finger in den Wind.
Ich habe ihnen gesagt: Häuser schützen nicht, Wände schützen nicht, vielleicht noch am ehesten die Wiese oder der Waldboden, wenn ihr euch ganz flach auf ihn legt, aber gegen Napalm schützt auch kein Waldboden. Oder es dem Regen sagen, nein, auch der

Regen hilft gegen Napalm nicht – oder der Sonne, nein, auch der Sonne nicht, vielleicht den Menschen, am ehesten noch den Menschen, wenn ihr welche trefft.

Ihr erkennt sie – woran – nein, nicht immer an einem Lächeln, nicht unbedingt – es kann auch sein, daß sie den Hut tief in die Stirn gedrückt haben, nein, der Hut hat nur so einen breiten Rand, sie müssen eben noch einmal mit dem Kahn auf den See hinausrudern, es kam ihnen so vor, als könnte etwas gerufen haben, in wirklicher oder geträumter Not.

Geträumter Not? Birken verraten nichts, lassen sich nur beschneien, still und stumm beschneien. Und wenn ich dir doch entgegenliefe? Aber in welche Richtung? Nein, ich muß stehenbleiben, bis es dunkel wird.

Und kein Vagabund. Nicht einmal ein Gottesmann. Könnte ja einfach so über die Felder gehen und sich denken: Wenn sie nicht in der Kirche sind, sind sie vielleicht draußen, weiß man doch nicht, wo so einer gerade ist, in wirklicher oder geträumter Not. Wenn es schneit, sind Gottesmänner zu Haus. Oder begleiten allenfalls eine junge Verlobte nach Haus – Schwanenberg bei Erkelenz. Auch der Pastor ging nicht gern bei Schnee aus dem Haus. Und wenn er im Schneegestöber steht, mit Stock und ohne Stock, verrücken Milliarden Sterne nicht, man sieht sie nicht einmal, im Schneegestöber nicht.

Komm, es gibt Fasan und Zitronencreme zu Ehren des himmlischen Kinds und Stechpalmen, Hyazinthen und Misteln, alles wartet schon, der Pastor und seine Haushälterin Mathilde, Mama und der Herr Pérou, Tante Ada und Professor Kowalsky, und der Herr Pérou rezitiert Verlaine. Du willst nicht? An Dezemberteichen steht man nicht so lang. Bald kommt der Frost, dann kannst du ihm doch nicht mehr auf den Grund sehen. Wie weit reicht das Römische Reich Deutscher Nation? Bis Dachau, bis Buchenwald. Ich weiß. Aber Onkel Eustache sagt, für Dezemberteiche reicht das nicht, er sagt, das greift Ihm vor: Du weißt es nicht, bis du nicht selbst hinter seiner Schulter stehst und liest, wozu es gut war – armer

Heinrich, dummer Hans, es ist nicht deine Schuld.
Doch, du beharrst, deine Schuld. Wir alle, auch die Kinder und Kindeskinder – wir kommen nicht mehr aus der Schuld heraus.
Es kann sein – ich glaube, du hast recht, wir kommen nicht mehr aus der Schuld heraus. Und doch, geh schlafen, ich bitte dich, laß dir Zeit, uns allen und Gott und der Welt. Laß, die Sterne verweht kein Wind, auch kein Schneegestöber – wo wir doch die kleine Blechlaterne mit der Windschutzscheibe haben, finden wir leicht nach Haus.
Und wenn ich es doch versuchte – ein Auto anhielte in die eine Richtung – ein Auto anhielte in die andere Richtung? Aber man sieht nicht weit – rechts und links, nach vorne und zurück – nicht weit. Immer noch Schneefall, unaufhörlicher Schneefall, so ein stummes Schütten, aber keine Gänsefedern – nicht einmal Gänsefedern. Sonst nähme ich mein Tintenfaß und tauchte eine nach der anderen hinein und schriebe: Nicole, Bettina, Magdalena, Ilse, Lucile, Dorothee – kommt, ihr müßt mir helfen, die Passion liegt früher als wir dachten in diesem Jahr.
Ich habe ihn allein gelassen und weiß nicht einmal, warum. Doch, ich weiß, ich bin einem Dach davongelaufen – ihr habt mir doch auch geraten, solchen Dächern davonzulaufen, wie es Elternhäuser sind. Und Tanzstunden bekomme ich nicht. Und darf nicht aus dem Haus. Aber ihr dürft durch die Hecke kommen und küßt mich. Zum Ersatz.
Und ich trenne mich schwer. Noch als der erste kommt und wieder gegangen ist, noch als der zweite kommt und wieder gegangen ist, aber mit dem dritten verlasse ich das Haus. Und ihr lacht. Daß es so lange gedauert hat. Wie lange? Im nächsten Jahr habe ich auch ein Kind auf dem Schoß wie ihr.
Ihr habt mir schon vergeben. Am Sandkasten. Am Ententeich. Abgenabelt. Wir beide. Mein Kind und ich.
Aber er vergibt mir nicht. Ich kann es nicht wagen, bis zur Ulmenallee zu gehen. Er geht noch aufrechter als früher. Wenn er mich sähe mit dem Kind oder allein würde er sagen, er hätte

mir die Welt umsonst ans Herz gelegt. Nein, nicht einmal das – er sagt ja, er hätte sie nur einem Sohn ans Herz gelegt.

Was ist ein Mädchen? Mädchen werden Frauen. Bei Mädchen lohnt es nicht. Mädchen können allenfalls lange Zeit bei ihren Vätern bleiben und zuhören, was die Väter sagen.

Ich habe ihnen lange zugehört. Gott Vater, Gott Sohn, Gott Heiliger Geist. Dreimal gleiches – ohne Frau. Ich habe es nicht einmal vermißt, daß es uns darin nicht gab. Doch, manchmal doch – und ich habe mir Anemonenwiesen gewünscht, bis an den Rand der Welt, ganz ohne Schuld.

Aber er hat gesagt: Das gibt es nicht, alles, was zählt, wird schuldig, auch Mädchen – oder vielleicht Mädchen nicht – Mädchen zählen ja nicht. Mädchen müssen nur Vertrauen zu ihren Vätern haben, Vertrauen ist alles, was Mädchen brauchen.

Und wenn die Väter selber zweifeln oder schon nicht mehr zweifeln, wissen – zu wissen meinen – daß es nichts zu glauben und nichts zu zweifeln gibt? Wenn sie nur noch so tun, als ob sie aufrecht gingen? Und heimlich, wenn alles im Haus schläft – es ist hohe Zeit, das Kind muß schlafen – den Riegel zurückschieben und leise treppab mit Stock und ohne Stock? Gott Vater, Gott Sohn, Gott Heiliger Geist – es kann schon sein – aber besser die Schuhe anziehen und den Pullover und ebenso leise treppab. Durch die Ulmenallee. Bis zum Parkrand. Nein, er hat nur einen Nachtspaziergang gemacht. Er wird doch noch einen Nachtspaziergang machen dürfen.

Ja, aber ich weiß nicht, was die Dreieinigkeit hört, sieht, weiß. Vielleicht nicht alles, immer und überall?

Doch, ich muß nur Vertrauen lernen. Ihm und der Dreieinigkeit, auch wenn ich sie nicht hören und sehen kann. Die Welt hat ein Dach.

Es schneit. Von oben. Wie hoch ist das Dach der Welt?

Nicole, Bettina, Magdalena, Ilse, Lucile, Dorothee – verzeiht, ich kann nicht weiterschreiben, morgen mehr.

Ich laufe. Wo es doch schon dunkel wird. Du würdest die Stelle doch nicht mehr finden, an der der Feldweg abbiegt. So weit kannst du gar nicht sein. Wenn es nur aufhören wollte zu schneien, rechts von mir, links von mir, dann müßte ich dich bald gefunden haben. Oder rufen? Aber wenn du mir nicht antwortest? Weil du mir nicht verzeihst?

Und Vögel flogen schon heute mittag keine mehr. Wenn es so schneit, fliegen die Vögel nicht. Sonst könnte ich dir einen zufliegen lassen, er würde dich mit dem Flügel berühren. Engel sind zu laut. Bringen immer gleich das Jüngste Gericht unter den Flügeln mit. Sagen, daß für Selbstmörder kein Himmel ist. Du hast ihn doch schon gemacht – nicht wahr? Dumm bist du, aber du weißt es ja besser, weißt, was ich brauche, nicht, was du selber brauchst. Nein, das hätte ich nicht gebraucht. Noch weniger als eine Ehe. Und ich bin ganz naß. Pullover, Haar, längst alles naß. Ich hätte nichts, um dich trockenzureiben, wenn du auch so naß wärst.

Nein, verscheuch mich nicht. Sag nicht, es gibt Dinge, die braucht eine Frau nicht zu wissen. Es wäre bald Frühling geworden – das weiß ich und du nicht.

Oder doch rufen? Du mußt dir denken – dich ruft Julienne, die beste aller Geliebten. Nein, sie müßte dich nicht rufen, sie wäre bei dir geblieben. Ach – auch sie ist nicht bei dir geblieben, nicht einmal sie. Wenn man immer beieinander ist, muß man einander nicht rufen, wenn man stirbt. Oder doch. Es wäre doch auch dann etwas dazwischen, wenn man beieinander ist, breiter als ein Fluß. Ach was – das will ein Fluß sein, das ist nicht einmal ein Bach. Ich gehe durch den Bach. Ich stehe schon auf der anderen Seite. Wie beim Trennen – erinnerst du dich –, da mußte ich mich auch immer erst getrennt haben, bevor wir uns trennten.

Aber dann nicht mehr. Ich habe dich ins Vertrauen gezogen, ich habe dir gesagt, daß ich mich immer erst trennen mußte, bevor wir uns trennen konnten. Ich bin schuld. Er hat recht. Keine Anemonenwiesen bis an den Rand der Welt. Alles, was zählt und zählen kann, wird schuldig. Und kommt nicht mehr aus der Schuld heraus.

Nein, ich weiß es nicht, ich muß schneller laufen, sonst kommen die Engel mit dem Jüngsten Gericht. Sie sind schneller bei dir als bei mir. Sie werden dir sagen, daß du schuldig bist, dir zuerst. Warte noch – du hast es noch nicht gemacht, du hattest es nur vor, wir kommen noch in den Blätterschatten, wenn du noch etwas Zeit läßt – dir und mir.

Es wird bald aufhören zu schneien. Die Zweige wissen es schon. Sie spielen nur, sie trügen noch Schneelasten. Sie tanzen unter dem Schnee. Selbst Gott kann sie nicht ermahnen, sie glauben ihm nicht, daß noch immer Winter ist.

Sag nicht, sie sind berauscht. Nicht berauschter als du und ich, wenn du nichts sagst, wenn du nichts tust, mich nicht einmal mit den Händen von dem Nordfenster weg und zu dir ziehst. Weil ich da noch stehen will. Auch wenn du weißt, daß ich neben dir liegen will, eher als ich es noch weiß.

Alles hat seine Zeit – das Stehen, das Liegen – nein, jetzt keinen Wein, erst wenn uns der Wein wieder süß vorkommt, der süße wie der saure, wenn gelebt ist und gestorben ist, dann, bis zur Auferstehung. Bald.

Schon belauben sie sich, das Licht fällt durch den Baum – Blätterschatten auf Gesicht und Hand. Die kleinen Eisstücke in der Apfellimonade sind längst geschmolzen. Und als sie weint, Bienenschwärme mit wildem Honig zur Beschwichtigung.

Wer weint? Ich weiß es nicht. Sie oder du oder er oder ich? Komm, sag, wo du bist, es ist spät. Kein Schneefall mehr, kein Wind, noch kein Wind. Wenn Wind aufkommt, werden wir uns nicht mehr verstehen. Man versteht sich so schlecht gegen den Wind.

XVII

Den Friedhof von Gentilly kenne ich nicht. Du hast mich ausgeladen.
Du schreibst: Mit Rücksicht auf meine Frau.
Du schreibst, du glaubtest, du hättest dich jetzt mit ihr aussöhnen können. Mit mir nicht. Es gelänge dir nicht. Du hättest es versucht. Man entzöge sich dem Gesetz des Lebens nicht ungestraft. Du nähmst es auf dich, die Strafe zu sein. Du gäbst zu, du hättest jetzt auch sonst nichts mehr zu verlieren.
Du schreibst, du warst drei Tage am Ärmelkanal, in Wimereux, Klippen im Rücken. Du hättest nachgedacht. Ich hätte dir gesagt, die Wolken wüßten nichts von wirklicher Not. Du glaubtest mir sagen zu müssen, ich wüßte in diesem Punkt nicht mehr als sie. Es gäbe wirkliche Not. Das Leben. Wenn man es nähme, wie es ist. Voraussetzungslos. Voraussetzungen böten Lebenshilfen. Du brauchtest keine Lebenshilfen. Du brauchtest meine Not. Du hättest meine Not gebraucht. Du stelltest mir frei, sie zu entdecken, auch wenn du dann nicht da wärst, um mich in den Arm zu nehmen.
Es gäbe Strukturen, Beziehungen, Verhältnisse, Versprechen, Verbindlichkeiten. Du wolltest keinen Zeigefinger heben. Aber das Erkennungsmal von Wirklichkeit wäre, daß sie an ein Ende kommt, an ein Ende. Spiele endeten nicht. Deshalb seien es Spiele. Du wolltest es dir leisten, das Spiel zu beenden, auch wenn das vielleicht dein letzter unerwachsener Wunsch gewesen wäre. Du könntest dir denken, daß ich auch dazu sagen würde: nur ein unerwachsener Wunsch. Es könnte sein. Auch beim Sterben legte man den Kopf in einen Schoß. In einen endgültigen Schoß. Du zögest es dem Weiterspielen vor.
Es sei deine Form, das Gespräch fortzusetzen. Du wüßtest nicht, wann ich es ebenso sähe wie du. Du wärst gespannt. Nein – du wärst müde. Nur müde.
Vor dem Spiegel ziehe ich mich an und aus. Um nicht auch so

müde zu werden wie du. Je weiter ich mich vom Spiegel entferne und ins Zimmer zurückgehe, um so kleiner werde ich im Spiegel. Ich könnte ebensogut in ihm verlorengehen. Dann spiegelte er immer noch anderes genug. Er bemerkte es nicht einmal, daß er mich nicht mehr spiegelt. Er hat nicht mitgehört, von Anfang an. Gott der Herr rief sie mit Namen, – daß sie all ins Leben kamen – man mußte es nur auswendig sagen und den Atem anhalten und die Augen geschlossen halten, dann war alles gut. Ich hatte einen Namen, ich konnte gehen.

Auch laufen. Davonlaufen. Der jüdische Friedhof liegt auf der rechten Flußseite. Nein – nicht zu weit davonlaufen, ich darf mich nicht zu ihm legen, auch später nicht. Ich komme aus einem christlichen Elternhaus.

Auch er hätte es nicht erlaubt. Und im Trauerzug: Keinen Schritt aus der Reihe, wo er mich doch ermahnt hat: »Und nicht weinen, jedenfalls nie lange, Du mußt auf eigenen Füßen stehen.«

Keinen Schritt aus der Reihe – wer sich zur Unzeit bewegt, kommt nicht in die Gnade. Nicht bewegen. Ich stehe in Gottes Hand.

Zwei Väter – zwei Ansprüche. Ich habe sie immer befolgt – beide: Ich stehe in Gottes Hand – ich muß mich nicht sorgen. Ich muß auf eigenen Füßen stehen.

Und wenn ich in Versuchung war, nur bei dem einen zu bleiben, riefen Freundinnen über die Hecke: Was säumst du so lang, wir sind längst aus dem Haus.

Ich auch, ich komme, ich komme ja schon. Wetten, es gilt, wer schneller ist, es gilt erst jetzt –: das erste Kind, das zweite Kind. Ach, geht – nicht wetten – laßt uns hier sitzen, hier sitzt es sich gut, es riecht auch nach Jasmin. Du hast solches Haar, Lucile, weißt du, solches Haar, wie – es fällt mir nicht ein, ihr lacht. Und säumen, versäumen, heckenlang, heckendicht.

Nein, so geht es nicht. Den Kinderwagen aus der Sonne. Sie haben schon wieder Fortschritte gemacht. Sie entwickeln sich Tag für Tag. Und wir? Die wir doch eigentlich die Mütter sind? Wir verlassen den Park – zu zweit und zu zweit. Um die Mittagszeit wird es im

Park zu heiß.

Zwei Ansprüche.

Vertrauen – nicht sorgen – säumig sein – in Gottes Hand oder im Jasmin.

Zurückgehen – auf eigenen Füßen – das Moltonbad in der einen Hand, Lindenblütentee in der anderen Hand, oder das Telephon. Du fragst nach meiner Not.

»Ich will es so einrichten, daß ich dir im Himmel ein bißchen aufspiele, wenn du kommst.«

Er kann allein auf einem jüdischen Friedhof liegen und will mir obendrein ein bißchen aufspielen, wenn ich komme. Er geht zu seinem Spiel. Manchmal sagt er Arbeit. Meistens Spiel.

Ich öffne die Tür, einen Spalt weit, gegen Abend, er hebt den Zeigefinger, ich störe in einer wichtigen Besprechung, aber er lächelt, immerhin, auch wenn ich störe: Hörst du es, Händel und Purcell zu Ehren des himmlischen Kinds?

Er geht zu seinem Gott.

Sie brauchen mich nicht. Beide nicht. Sie haben nie nach mir gefragt. Aber sie ermahnen mich: Vertrauen. Arbeit. Spiel.

Auch wenn ich nur ein Mädchen bin. Ich muß nur ihren Weisungen folgen, dann kann alles noch gut werden, auch wenn ich nur ein Mädchen bin.

Und wenn sie tot sind, nein, schon früher, das andere Erbe: Arbeit, Spiel – in die andere Hand. Und davonlaufen – alle Türen stehen offen, die Balkontür, die Zimmertür, die Haustür – es zieht im ganzen Haus. Durch die Ulmenallee, er wartet draußen, nicht fragen, nicht grübeln, bei der Hand nehmen, er dreht sich, der Wind dreht sich.

Und wenn sie uns nicht mehr finden können, aus den Armen ein Dach machen und den Schmerz über die Väter darunter verstecken. Keine wirkliche Not. Ein Dach aus übereinander verschränkten Armen und darunter das Grün von der Wiese und darüber das Blau vom Himmel.

Ich bin weit genug ins Zimmer zurückgegangen, so daß der Spiegel

mich nicht mehr spiegeln kann. Er weiß nicht, daß er mich nicht mehr spiegelt. Er hat nicht mitgehört – von Anfang an.
Nur du und ich. Du fragst nach meiner Not. Du hättest meine Not gebraucht, meine wirkliche Not.
Ein Vater, der im Schneegestöber steht und es allein mit seinem Gott abmacht. Ein Onkel, der mir nicht zu weinen erlaubt, auch nicht um ihn. Zweitausend Jahre ermahnt und nicht gemeint.
Ich störe beim Gespräch mit ihrem Gott, bei ihrer Arbeit, bei ihrem Spiel.
Ich hatte geträumt, es wäre wirkliche Not. Laut geträumt. Vor dir. Mich verraten. Dich ins Vertrauen gezogen. Mich anvertraut. Erinnerte Not. Ausgesprochene Not. Sie verschweigen mir ihre Not. Nein, sie verschweigen sie mir nicht einmal. Sie denken gar nicht an mich in ihrer Not. Sie stehen in ihrer Not und erlauben mir nicht, sie als Not zu sehen, als Not zu erkennen, auszusprechen: leise oder laut. Sie geben mir Anweisungen, sie behalten sich in der Hand. Und wenn sie sich doch verraten, darf ich es nicht bemerkt haben. Selbst in ihrer Not sind sie stärker als ich, erdrücken mich, haben nie nach mir gefragt.
Belehren mich, auch wenn sie schon längst nicht mehr weiterwissen, und ich muß es lernen, die schnelle unbelehrbare Bewegung ganz zu unterdrücken, ihren Kopf, der Dinge glaubt und bezweifelt, von denen ich nichts weiß, einfach doch in den Arm zu nehmen. Nein – das dürfen Mädchen nicht. Und verlassen ein Vaterhaus, in dem sie nicht gemeint waren, wenngleich geduldet, wenngleich gern gesehen, ab und zu – sie erinnern sich – mit fast so etwas wie Zärtlichkeit gesehen.
Und gehütet – es ist ja nicht so, daß ihnen kein Platz zukäme in der Welt nach einem wohlgeordneten Schöpfungsplan. Sie werden diesen Platz einnehmen, später, wenn es an der Zeit ist, dazu sind sie da.
Und Aufstand, heimliche Revolte, wenn doch später – warum nicht jetzt? Wo sollen sie es lernen, wenn nicht im Umgang mit den Vätern, die es ihnen verwehren – warum?

Mädchen lieben Väter, bewundern Väter, wüßten gerne, was in ihrem Kopf vorgeht, und wenn sie sich sorgen, warum sorgen sie sich? Mädchen hätten gerne gefragt, wären gerne mit den Vätern zusammen gewesen – mitten in der Zeit – und würden die Zeit wohl auch etwas anhalten wollen, damit nicht mehr so leicht zu unterscheiden ist, ob sie nun läuft oder steht.
Nein – nicht mit den Vätern. Tante Ada sagt, Mama sagt, der Pastor sagt, Mädchen brauchen einen Mann. Und haben nicht einmal ihre Väter liebkost.
Selbst Söhne hätten vielleicht gerne ihre Väter liebkost. Aber danach werden sie nicht gefragt. Sie sollen ihnen nachfolgen. Väter sind Vorbilder, oder, wenn das nicht mehr, Erwachsene. Söhne müssen erst beweisen, daß sie auch so erwachsen werden können wie sie. Und verlassen wie die Töchter das Vaterhaus.
Und finden sich – Töchter und Söhne – und lächeln und erkennen sich am gleichen Schmerz und errichten sich ein eigenes Haus und werden dabei erwachsen und vergessen den Schmerz. Es ist auch so viel zu tun.
Und wenn sie die eigenen Väter wiedertreffen, legen die gerade nachdenklich etwas aus der Hand. Sie nennen es ihr Leben. Und sehen die Söhne und Töchter an. Aber die Söhne und Töchter sehen weg. Wie auch nicht? Sie könnten die Zeit doch nicht mehr anhalten, jetzt nicht mehr. Es ist zu spät.
Es kann sein, daß sich Töchter an die lang unterdrückte unbelehrbare, wenigstens nie ganz belehrbar ablenkbare Bewegung leichter erinnern, nachholen, einholen als Söhne – nicht einmal das ist gewiß.
Es kann auch sein, daß sie sie jetzt nicht mehr wagen, weil es zu spät für schnelle Bewegungen geworden ist. Daß sie im Türrahmen stehenbleiben, um sich ein letztes Mal von den Vätern belehren zu lassen und ihnen zuzusehen, wie sie sterben vorbildlich. Sie legen sich in Gottes Hand wie den Kopf aufs Kopfkissen zurück.
Keine Bewegung, kein schneller Schritt, kein leiser oder lauter Schrei, weit entfernt, nicht einmal Verwunderung: Im Profil ge-

storben, im Profil gelebt. Ein erhobener Zeigefinger, auch ein Lächeln – skeptisch, zärtlich – manchmal. Ein Mädchen. Nur ein Mädchen. Du hast es nicht zur Frau gemacht.

Wer hat es zur Frau gemacht? Der erste? Nein – der erste nicht. Der zweite? Der zweite ist ein Ehrenmann. Nur küssen – und webt mir Teppiche aus dem Koran. Der viele Jasmin – heckenlang – um die Freundinnen und mich? Auch nicht der viele Jasmin um die Freundinnen und mich.

Der dritte? Er nimmt mich mit – weit – ist mein Mann. Aber ich erinnere mich nicht. Die Väter sind weit entfernt. Der Schmerz vergessen – oder fast.

Auf dem Sommerfest weiß ich von nichts. Und als du mich fragst wie um ein Geschenk – du hättest dir gedacht, daß ich schon im Begriff wäre, es dir zu schenken – es kann sein, daß es mir da schon einfiel: Er hat mich nicht gefragt, nichts gefragt, nicht gebraucht, nichts von mir gebraucht.

Gefragt werden war neu. Gebraucht werden war neu. Von einem wie du. Der leicht mein Vater hätte sein können. Es kann sein, daß es von Anfang an eine Verführung war: etwas nachzuholen, einzuholen, zurückzutragen. Ich mußte zu dir kommen durch alle sieben Monate, durch jeden einzelnen Tag.

Es war gut, daß du gefragt hast. Auch für mich. Du hast mich an eine Not erinnert – meine älteste Not. Schon in Charleville, auch wenn ich es da noch nicht wußte. Ich habe sie weggelächelt. Und seit da, immer wieder – du wolltest doch ein Geschenk, keine Not. Doch, du schreibst, du hättest meine Not gebraucht, meine wirkliche Not. Aber ich kannte sie lange nicht, auch wenn mich etwas an sie erinnert hat, ab und zu, ich mußte sie erst wiedererkennen, ganz – nicht nur bis zum Ententeich ein vermißtes Dach über der Welt, weiter, bis ins Schneegestöber; ein Vater, der ohne Hut, fast blind im Schneegestöber steht, mit Stock und ohne Stock und mir bedeutet, schon voraus nach Hause zu gehen, er käme alleine nach. Ich muß ihm gehorchen, aber er kann nicht alleine gehen. Lange nicht. Später wieder. Später doch. Er hat sich gefangen, sagt der

Pastor, sagt Mama, sagt der Herr Pérou.
Ich habe sie wiedererkannt, oder sie hat mich wiedererkannt und hat sich ausgesprochen als meine Not. Mich dir verraten. Auch das war vielleicht gut. Auch wenn ich lange gelernt habe: nicht anvertrauen.
Der Himmel ist nicht eingestürzt. Das Wasser hat nichts fortgeschwemmt. Magnolienruder sicher und gut. Ein Vater nach den Vätern. Ein Vater, den Not nicht überrascht, der Not eingesteht. Er ist längst an Not gewöhnt, zwei Straßen weiter, fünf Straßen weiter, zehn Straßen weiter im Umkreis deines Hauses – längst offenbare Not.
Das hatte ich nicht erwartet, darauf war ich nicht einmal gefaßt. Es hat mich widerlegt: warum nicht anvertrauen? Nur noch anvertrauen? Nicht länger Vertrauensspiel –: Vertrauen in der einen Hand, Vorbehalt in der anderen Hand, Umsicht, Vorsicht, Spiel. Es hat mich verführt: ich kann dir vertrauen, ohne es zu müssen, nur zugeben, aussprechen, auch die unzugegebene, unzugebbare Not der Väter.
Wer glaubt denn noch an Väter – hast du gesagt. Auch Väter haben Not. Du gibst es zu, längst zu. Du hast nach mir gefragt. Du hättest mich gebraucht. Und ich hätte dich brauchen dürfen. Beides. Du Kopf in meinem Schoß. Ich Kopf in deinem Schoß.
Ich habe dir geglaubt. Nicht länger wirkliche Not. Wie die Wolken – kennen keine wirkliche Not. Es war schon gut. Wieder gut. Du hast es zugegeben – für ihn mit. Du hattest mir erlaubt, dich zu lieben, ich liebte dich, du wußtest es. Unsere wechselseitige Not aneinander, erkannt, zugegeben – anders als er und ich unsere wechselseitige Not aneinander erkannten und auch schon zugaben, im gleichen Augenblick.
Erkennen da der lautlose Aufstand gegen die Väter, das frühe Liebesverbot. Und schon entronnen, zwischen Schlüsselblumen und Wiesenschaumkraut, und die Arme zum Dach verschränkt. Und was der Kuckuck ruft, das kümmert uns nicht, nicht mehr verfrühter Tod, abgewiesene Liebe. Entronnen. Wir machen es

aneinander wieder gut. Erkennen zwischen uns, dir und mir –: kein Aufstand, nur ein Mann und eine Frau. Du alt genug, um mein Vater zu sein. Ich jung genug, um deine Tochter zu sein. Aber das war nicht wichtig. Weil du auch unerwachsene Wünsche zugeben konntest, weil ich dir längst entwachsen war, ich muß dir nicht gehorchen, nicht mehr.

Doch, Liebster, manchmal doch, auch du hattest es versucht, es ist dir nicht geglückt – das nicht.

Vertrauensspiel. Vertrauen in der einen Hand. Aber nur in der einen Hand. Das Erbe vom Vater her.

Und in der anderen Hand, immer noch, lange Zeit, Vorsicht, Umsicht, Spiel.

Damit hat er mich auf den Speicher gelockt, um mich zu behüten, ihm nicht ganz zu vertrauen, vorbehaltlos wie Anvertrauen.

»Nicht in seine Hand. Behalt dein Leben in deiner Hand. Du mußt auf eigenen Füßen stehen.«

Ja – aber ich hatte gedacht, die Zeit der Väter ist vorbei. Ich hatte geträumt, von da sei keine Gefahr – nicht mehr. Auch Väter werden Spielgefährten – ohne Aufstand, da findet kein Aufstand statt. Väter müssen nur etwas aus der Hand geben, ein Zepter, eine Macht, einen Anspruch, der uns wehrlos macht, unterwirft, besiegt.

Weißt du nicht: aus der Hand geben verführt. Sich freiwillig einer Macht begeben verfuhrt. Freilassen verführt. Schenken verführt. Verschenken, auch Siege – wenn du es so sehen mußtest – auch Siege verschenken verführt.

So können Söhne nicht verführen. Sie haben die Macht der Väter nicht. Ob sie sie begehren oder zurückweisen, ob sie ihre Zeit mit dem einen oder dem anderen verbringen. Väter bleiben unüberwunden, solange Söhne Söhne sind. Väter können sich nur selbst überwinden, Embleme ablegen, die sie noch als Väter kenntlich machten. Den Kopf in unseren Schoß legen. Wie du. Fast.

Man entzieht sich dem Gesetz des Lebens nicht ungestraft?

Nein, nicht ungestraft. Aber man muß sich entziehen, wenn das Gesetz des Lebens mit Unterwerfung droht. Solange noch entziehen, solange noch Vertrauensspiel, ich glaube doch – man muß.

Himmelsväter kennst du nicht, nur Wirklichkeit.

Wirklichkeit, die an ein Ende kommt, zwei Straßen weiter, fünf Straßen weiter, zehn Straßen um dein Haus. Es endet – tödlich sicher, tödlich ausweglos – ich weiß.

Aber ich hätte gern mit dir gezeitweilt – hinter den Himmelsvätern, kein Versprechen auf Unendlichkeit, keine Drohgebärde, kein Gericht – nur Zeit, mitten in der Zeit, und warten, bis alte Schmerzensknospen blühen, rund um die Endlichkeit, sie müssen doch Zeit haben zu blühen, um den ganzen Schmerz zu entfalten, der noch erst knospt, verschlossen – so verschlossen, man erträumt es nicht, weiß nicht einmal, was da Knospen treibt und blühen will: der Schmerz, immer nur der Schmerz.

Hättest ihm Zeit lassen müssen, wir waren nicht auf ihn gefaßt. Wollte gerade anfangen, uns die Augen zu öffnen – deine für mich, meine für dich.

Du hast es ihm verwehrt. Nicht anders als sie. Sie gingen zu ihrer Arbeit, zu ihrem Spiel, zu ihrem Gott. Ohne mich zu fragen, ohne mich zu Rat zu ziehen. Wie du in deinen Tod. Du hinterläßt mir nicht einmal ein Erbe, das ich in die Hand nehmen könnte. Kein Vertrauen und kein Spiel. Was weiß ich, vielleicht mehr –

Hast mich aufgeschlagen und nicht weiter in mir lesen gewollt, kannst dich nicht aussöhnen, aber fragst mich, bleibst immerhin im Gespräch mit mir, sagst, es sei deine Form, es fortzusetzen, sagst, du wärst gespannt.

Oder nur müde – du wüßtest es nicht. Ich auch nicht. Oder doch? Wenn du doch einfach nur müde über der Wirklichkeit geworden wärst – wirklichkeitsmüde? Nein – Spiele enden nicht. Aber wer sagt, daß du weißt, ob du wolltest, daß die Wirklichkeit an ein Ende kommt?

Du wolltest doch widerlegt werden. Ein Geschenk. Kein Sieg. Und hattest es in der Hand. Wie du wolltest – als Geschenk oder Sieg. Aber ich hatte dich gebeten, es nicht für einen Sieg zu nehmen,

er tötet dich – nicht mich.
Was weißt du, wenn du siegst?
Nichts – du bist allein. Nicht einmal ein Echo. Besiegtes bleibt stumm. Selbst auf wirkliche Not. Not, die den anderen festhalten muß, weil sie ihm nicht glauben kann, daß er sich ihr längst freiwillig zugeeignet hat. Deine wirkliche Not.
Deine wirkliche Not – meine wirkliche Not – sie trieb doch schon oben, zwischen den Wolken und wußte wie sie nichts mehr von wirklicher Not.
Doch, Liebster, du weißt es doch auch Es war ein unerwachsener Wunsch – der unerwachsenste von allen, und jetzt hast du keinen mehr frei. Es ist dumm, einen endgültigen Schoß zu wünschen, ihn dem lebendigen vorzuziehen, der sich entziehen kann, aber nicht lange, schon ist er nicht mehr verwundet, schon öffnet er sich neu, über sich selbst verwundert, nein, nicht neu verwundert, längst schon verwundert verwundert, auch wenn er es lange nicht weiß. Schon eine knappe Stunde später suchte ich dich. Ich weiß – Fliehen mußtest du tadeln, nicht tadeln, bestrafen, endgültig bestrafen. Ach geh – hättest nur zurückfahren müssen. Auf der Place d'Italie hätte ich dich eingeholt, nein, da nicht, aber in der Avenue des Gobelins, in der Rue Monge, in der Rue du Puits-de-L'Ermite, in der Rue de Navarre, und ehe du das Fenster geöffnet hättest – ob sie schon blüht –, hätte ich sie beredet zu blühen.
Nein, ich habe sie nicht beredet. Ich habe mich nicht von der Stelle gerührt. Ich wußte nicht, ob du nicht vielleicht neben mir wärst, hinter mir, vor mir, rechts von mir, links von mir, der Schnee fiel zu dicht.
Hat mir nichts verraten. Hat dich gut versteckt. Nein, nicht einmal versteckt. Verstecken wäre ein Spiel gewesen. Spiele mußt du tadeln, nicht nur tadeln, bestrafen, endgültig bestrafen.
Spiele enden nicht, täuschen vor und zurück, rechts von uns, links von uns, hier kannst du noch gehen – und hier und hier, mit verbundenen Augen – mußt dir nur Zutrauen zu gehen.
Besser als klarsichtige Entschlüsse fassen – Klippen im Rücken –

damit die Wirklichkeit an ein Ende kommt.

Wo sie doch längst um andere Wirklichkeiten bittet – gleich weit von Himmelshimmeln und endlichem Ende – wo du doch fast schon ein Spielgefährte gewesen wärst.

Und wenn du es ganz geworden wärest, dann, wenn du gewollt hättest, auch ganz ohne Spiel einschlafen, in den Zwischenräumen zwischen unseren Körpern, damit die Seele, wenn sie auch müde wird, nicht mehr zu wissen braucht, in welchem Körperhaus sie sich schlafen legt, es wäre alles eins.

Du hast mich nach meiner Not gefragt. Es kommt mir so vor, als hätte ich sie dir gesagt. Und dunkel ist es auch. Der Spiegel könnte mich gar nicht mehr spiegeln, selbst wenn ich wieder auf ihn zuginge.

Morgen früh werde ich es tun, damit mir etwas lächelt, wo du es nicht mehr kannst. Ich mir selbst. Ich bin gespannt.

Und du?

Damit die Wirklichkeit an ein Ende kommt, an ein wirkliches Ende, hättest du nur weiterfahren müssen – von Birke zu Birke – und mich lassen – Kopf in deinen Schoß – oder stehenbleiben und es umdrehen – Kopf in meinen Schoß – und weiterfahren, du oder ich, so oder so.

Die Missverständnisse der Zärtlichkeit

Ursula Erlers Roman »Vertrauensspiele«
VON KARL KROLOW

Es gibt zuweilen Prosabücher – Romane, Erzählung – die so voller Atmosphäre stecken, daß sie in solcher Atmosphärik sich aufzulösen drohen. Manchmal hat man beim Lesen des Buchs von Ursula Erler (»Lange Reise Zärtlichkeit«, 1978, »Auch Ehen sind nur Liebesgeschichten«, 1979) diesen Eindruck, der nicht negativ gemeint ist. Ich könnte auch das stärkere Wort »Erlebnis« wählen. Denn man erlebt solchen intensiv atmosphärischen Prozeß im Roman »Vertrauensspiele«. Die Handlung ist einfach und kompliziert zugleich: die tragische Geschichte zwischen einer verheirateten jungen Frau und einem um dreißig Jahre älteren Mann, einem Arzt. Die Geschichte spielt zwischen zwei Ländern, zwischen Köln und dem französischen Charleville, Rimbauds Geburtsort, zwischen vage wahrgenommener belgischer Landschaft und bestimmten Pariser Stadtvierteln. Dort in Paris hat der Mann seine ärztliche Praxis, und man trifft sich und liebt sich, mißversteht sich, und alles geht nicht gut aus. Der Mann nimmt sich das Leben und die Frau bleibt – das andere Leben memorierend – zurück. Sie erinnert nicht nur das Gemeinsame. Zum Gemeinsamen gehört sogleich und bis zuletzt das Mißverstehen, das einander nicht »erreichen«. Dieses Nicht-Erreichbare wird von Ursula Erler in ihrem überaus lyrisch, sinnlich, empfindlich wahrgenommenen Monologspiel, diesem tragischen und unauffälligen Beziehungs- und Liebes- und Vertrauensspiel »Anvertrauen« genannt.

Daß Anvertrauen tiefere Qualitäten als das (soll man sagen: dagegen »üblich« wirkende) Vertrauen besitzt, wird oft angedeutet und in der Andeutung beziehungsvoll, gespinsthaft leicht wie fast alles in diesem Buch der Andeutungen und Bedenklichkeiten, beschrieben. Zugleich scheint es sich der Beschreibung entziehen zu wollen. Anvertrauen meint eine Freiheit, eine feine, differenzierte Unabhängigkeit beider Liebenden, die sich im Kommen und Gehen, im Wiedersehen und

Wiederfühlen, nicht ausdrücken läßt. Diese überaus sensitive, tatsächlich schwebende, stets gefährdet und mißverständlich wie mißverstanden (von beiden?) gewesene Liebe, die in einer zweiten Ehe beider hätte enden können (und doch etwas anderes als Scheidung und Eheschließung meinte), diese sensible Dauer-Komplikation zieht am Leser wie eine neue »Lange Reise Zärtlichkeit« vorüber. Dies ist nicht inhaltlich zu verstehen. Aber der Titel des älteren Buches gibt geradezu die Substanz des neuen wieder. Wenn ich von Lyrik sprach, meinte ich damit den Ton von Cantilene und Romanze, der mitschwingt, ein Märchen- und ein Sehnsuchtston, der im Verlaufe des Memorierens der Ich-Erzählerin immer stärker wird, soghaft manchmal, wenn auch zaghaft und leise. Es ist ein leises und zuweilen wie betäubt hingeschriebenes Überlebens- und Weiterlebensbuch. Dieser zarte Prosagesang von der »unmöglichen« Übereinkunft zwischen zwei Menschen, von der lebensgefährlichen Hoffnung, auf die gesetzt wurde und die von einer Seite suizidär-schockhaft endet (auch dies bleibt in der Andeutung), ist so beharrlich von Ursula Erler durchgeführt, daß er – vor lauter Empfindlichkeit, die gelegentlich ans Sentimentale gerät – wie ununterbrechbar erscheint. Dies hat seinen Eigensinn und seine Schönheit, seine existentielle Notwendigkeit und seine eigenartige Monomanie und Monotonie. Aus dieser hochemotionalen Mischung wächst eine Faszination, die, unmerklich in ihrer Wirkung, die Schwächen des Romans – seine sensible Konturlosigkeit – gleichsam überfühlt. Der Ausdruck ist hier am Platze, genau diese Empfindlichkeit im Kontakt, in der Berührung, im Umgang, sind dann der Stoff dieser Prosa. Wer die Mißverständnisse der Zärtlichkeit ins Spiel bringt, muss wissen, daß ihm bald mitgespielt wird. Sicherlich hat dies die Autorin gewußt. Das Scheitern, das in solchem Buch radikal genug ist, nimmt sich, in der zuweilen wunderschönen Prosamelodie der »Vertrauensspiele«, fast wie ein sanftes Abgleiten ein sanftes Verschwinden aus. Der Unterschied zwischen Vertrauen und Anvertrauen heißt nun einmal persönliche Freiheit. Und um den Preis solcher Freiheit geht es im Buch. Er ist hoch. Er ist tödlich. Und die Überlebende nimmt rasch etwas Körperloses an, so wie der andere, der den Tod suchte, zur »Erscheinung« wird. Das hand- und dingfeste leben (oder was man Leben nennt) geht mit Freiheit der Art, wie sie Ursula Erler meint allemal zu robust, um nicht zu sagen: zu brutal um.

Bonner General-Anzeiger 6.11.1981

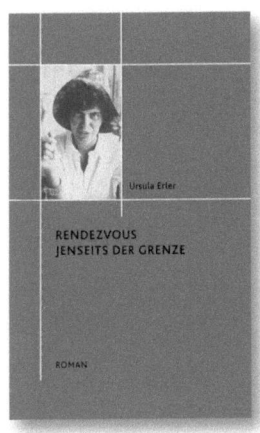

Ursula Erler
136 Seiten Paperback
ISBN: 9783756890347

Im Nachlass von Ursula Erler, die am 1. Juli 2019 starb, befand sich der bisher unveröffentlichte Roman Rendezvous. Er entstand 1982 und erscheint unter dem Titel Rendezvous jenseits der Grenze. Über ihren ersten Roman Die neue Sophie schrieb die Soziologin Helge Pross 1972: »Wäre sie nur eine rebellische Einzelgängerin, so hätte sie kaum diesen gleichermaßen kühnen wie nüchternen Text verfasst. Für sie galt: Die emanzipierte Frau misst sich heute nur an der Frau. Sie ist dabei, die Bilanz der Zeit zu ziehen, in der der Mann die Welt geprägt hat.«

Entschlossen hat Ursula Erler diese Bilanz auch gegen Missverständnisse literarisch und essayistisch gezogen. Die MeToo Bewegung heute verdeutlicht, wie früh Ursula Erler begriffen hatte, dass es der Mann ist, der seinen Blick auf die Frau verändern muss. Der Roman zeichnet die kompromisslose Unbeirrbarkeit nach, mit der die Frau heute auf ihrer Integrität und ihren Träumen besteht: Eine faszinierende Selbstreflektion in oszillierenden Dialogen.